残された日々

アン・ハンプソン 作

JN259526

ハーレクイン・プレゼンツ 作家シリーズ 別冊

東京・ロンドン・トロント・パリ・ニューヨーク・アムステルダム
ハンブルク・ストックホルム・ミラノ・シドニー・マドリッド・ワルシャワ
ブダペスト・リオデジャネイロ・ルクセンブルク・フリブール・ムンバイ

WHEN THE CLOUDS PART

by Anne Hampson

Copyright © 1973 by Anne Hampson

All rights reserved including the right of reproduction in whole or in part in any form. This edition is published by arrangement with Harlequin Enterprises ULC.

® and TM are trademarks owned and used by the trademark owner and/or its licensee. Trademarks marked with ® are registered in Japan and in other countries.

Without limiting the author's and publisher's exclusive rights, any unauthorized use of this publication to train generative artificial intelligence (AI) technologies is expressly prohibited.

All characters in this book are fictitious. Any resemblance to actual persons, living or dead, is purely coincidental.

Published by Harlequin Japan, a Division of K.K. HarperCollins Japan, 2024

アン・ハンプソン

元教師。旅行好きで、各地での見聞をとり入れて小説を書きはじめたところ好評を博し、ついに教師を辞め執筆活動に専念することにした。物語の背景として選んだ場所へは、必ず自分で足を運ぶことをモットーとしていた。70 年代から活躍し、シリーズロマンスの黎明期を支えた作家の一人。

1

ジュディの寝室から見える風景は、ドーセット州の中でもとりわけ美しい。低い丘に囲まれて、イーストメルドンの村は騒々しい文明社会から切り離されたかのようだった。丘の中腹に羊が群れ、野原に牛が遊ぶのどかな風景、清らかな小川にかかる昔ながらの石橋、十七世紀に屋根をふいた、父のコテージの前に広がる松林越しに、中世風の塔が見えるこの眺め——つい最近までジュディは、こんなにひっそりとした村に住んでいられることを幸せに感じていたのだ。

しかし今、窓辺に立って緑に覆われた丘を見つめていても、ジュディには何一つ目に入らない——たった今、階下の居間で起こったいざこざで、ジュディの頭はいっぱいだったから。それはいつものことだった。そして相も変わらず同じような結末で終わるのだ——苦しそうな様子の父、怒りに顔を紅潮させた義理の母、そして涙にくれるジュディ。

階段を上がって来るしっかりとした足音を聞いて、ジュディはゆっくりと体の向きを変えた。

「お義母さまのところにいらしたほうがいいわ」父が部屋に入って来るなり、ジュディは言った。ドアを閉めて、父は娘のそばにやって来た。

「ジュディ、彼女と結婚したこと……許してくれるね」

「階下にいらしたほうがいいわ」ジュディは抑揚のない声で父をさえぎった。「陰口をたたかれたというだけで、お義母さまはきっとかんかんになるってこと、お父さまにもよくわかっているのでしょう？」

娘の言葉を無視して、父はベッドの上に疲れたようにどさっと腰を下ろした。

「おまえと私で、一年前まではとても幸せにやってきたね。おまえが生まれてから、私は二十年以上も妻なしで暮らしてきたのに、今になって何もかも台無しにしてしまった」父の口から深いため息がもれた。「年寄りの冷や水とはよく言ったものだ」

「お父さまは年寄りなんかじゃないわ」ジュディはすぐにそう言い、父のそばに行ってベッドに腰掛け、父の肩を抱いた。「四十五歳の老人なんていないわ、そうでしょ？　男性にとって、人生で一番大切な時期ですもの」

「四十五歳よりもずっと老け込んでしまったような気がするよ」父は娘を見つめて頭を揺すった。「私たちはとても楽しかった、おまえと二人で」父はもう一度繰り返した。「どうしてこんなことをしてしまったのだろう？　最初からこの結婚がうまくゆかないだろうと、おまえは感じていたのかい？」

「アリスに対する好き嫌いを言うのは私ではないわ。お父さまがアリスと結婚なさったのだし、最初はお互いに何かを感じたはずよ。何回も言ったことだけれど、私がここにいなければ、二人とももっとうまくやっていけるのじゃない？　ハンナだって出て行ったのだし、私もそうすべきなのよ」

「アリスの娘か……」その苦々しい声の調子から、父の胸中を察することは難しいことではなかった。ハンナの父親には、娘に女優としての道を進ませるだけの余裕があった。しかし彼は、ハンナがまだ無名で、ほんの端役しかもらえず、批評記事にも名前が出ないころに死んでしまったのだ。「娘の突然の成功を、どうしてアリスはおまえにあてつけがましくひけらかすのをやめないのだろう？　ハンナが映画の主役に選ばれたのは、よくある運というやつにすぎないのに。ともかく、母親が期待しているほど人気が出るとは思えないね」

「ハンナの成功をうらやましいとは思っていないわ。だって、彼女がスターになれるように願っているの。確かにそれだけ努力しているんですもの」

「でも、あの娘は人間的にはどうかな？　不思議なことに、私はずっとハンナを良い娘だと思っていたんだ。私があの娘の母親に結婚を申し込んでいたころ、ハンナは実にかわいらしい態度で接してきた」

そして母親のほうもそうだったのだ――ジュディにはわかっている。しかし、父をこれ以上傷つけるようなことを言うのは差し控えた。ジュディがその結婚に疑問を感じていたのは確かだった。でも、父の判断が間違いであるはずがないと信じて、その考えをわきに押しやったのだ。父が考え込んだ様子で黙りこくって座っている間、ジュディはあの日のことを思い出していた――ハンナが、フランツ・ゲインバーガーの新作映画、《たそがれのファンタジー》の主役になれそうだと言い、甘ったるい調子でこう言ったのだった。

「ジュディ・ランハム……映画スターとしてはぴったりの名前だわ。ジュディ、あなたの名前、私の芸名として使ってもいいかしら？」

ジュディはその案に同意できなかった。自分の名前を使われることは、なぜか自分自身まで奪われてしまうような気がしたから。ジュディのためらいに気づいて、ハンナはいつものようにチャーミングに、しかしわずかに語調を強めて続けた。

「もちろん、私がどんな名前にしようとかまわないはずだけれど……でも、あなたの名前が気に入っているし、了承してもらいたいわ」

言い換えれば、ジュディが同意しようがしまいが、その芸名にすることをハンナは決めてかかっており、いざこざを避けるために、仕方なくうなずくしかなかったのだ。それ以来、ハンナ・スミスはジュデイ・ランハムになり、南太平洋の島で映画化される新しいミュージカルのスターとして、その名が発表されることになった。

「考えるだけでぞっとする……」父は独り言のようにつぶやき、頭を振った。「どうしてアリスはあんなふうに逆上してしまうのだろう？」

「性分なのでしょう」ヒステリックな義母（はは）の声が今も聞こえるようで、ジュディはため息をついた。

「少しは私の娘を見習ったらどう？　有名な映画スターになろうとしているのよ。それなのにあなたの娘ときたら――もし学校でもう少しましだったら、自分の部屋代と食事代ぐらい私に払えたでしょうに。一事が万事、この娘（こ）にはお金がかかるんだから！」

「もうやめなさい！」ジュディの父がアリスをさえぎる。「娘が学校を続けられなかったのは、私が重い病気にかかって、今にも命が危ないと言われていたからなんだ。長期療養で、医者は私が二度と働けないかもしれないと言った。学校の成績は良かったのに、ジュディは看病するために学校をやめると言い張ったんだ。私が全快したときも、私の代わりに娘が働かなければならなかった。それで今も単純な仕事に甘んじていなければならないのだ。君もそのことを十分に知っているはずなのに、アリス、なぜジュディに辛（つら）くあたるんだ？」

「努力すれば、もっとましな仕事につけるんですよ。今、私が受け取っている金額じゃ、とてもあの娘（こ）を養っていくわけには――」

「私が十分に渡しているはずだ」ビル・ランハムの瞳は怒りに燃え、一瞬、ジュディは父がアリスを打つのではないかと思ったほどだった。

アリスは憤然としてキッチンに行き、居間との間のドアを力まかせに閉めた。

「私一人で住むことを考えないと」ジュディは沈黙を破り、ベッドから立ち上がった。「私が十分な生活費を払っていないと言うアリスの言いぶんは正しいわ。安いお給料と高い生活費はどうしようもないけれど、もし会社のそばに部屋を見つけられたら、なんとかやってゆけると思うの」ジュディは、苦悩と後悔でかげっている父の瞳を見下ろした。「今のままだったら、みんなが苦しむのよ。アリスは私から十分な生活費を受け取っていないのだし、私は義母に払ってしまったあとは何も残らないし」

「彼女にはそれだけのものを渡している。今しがた言ったことだが」

「私がいなくても、同じ額を渡すわけだわ」ジュディだけではない、父だって、バス代と毎日の新聞代をわずかに上回るくらいの金額以外は、すべてアリスに渡しているのだ。

父は手の中に顔を埋め、ジュディはそんな父に同情していた。ビルが勤めている建築関係の会社に働きに来ていた、パートタイムのタイピスト、アリス・スミスと結婚するという間違いを犯したこと、もうどれほどの犠牲を払ったことだろう。父が言ったように、ジュディは父と二人きりで、今までずっと幸せだった。そして父が結婚したとしても、それはそれできっとすばらしいことだと思ったのだ。

ハンナは、一年間外国に出掛けるという友人からロンドンのアパートを借りることになり、このコテージで長くは暮らさなかった。

「本気でそう考えているのかね、ジュディ?」ビル・ランハムの声は震え、唇も同じように震えていた。とても悲しそうな、しかもあきらめきった様子だった。「本当にここから出て行きたいのかい?」

「出て行きたくはないわ、お父さま。でもそうしなければならないのよ。私が出て行ったら、アリスとお父さまとはうまくやってゆけるかもしれないわ」

「おまえは本気でそう信じてはいないはずだ」

ジュディは唇をかんだ。義理の母について、そんなふうに言いたくはない――今までどんなことがあったにせよ、ジュディはまだ、この夫婦が二人だけになれば、すべてが良い方に向かうかもしれないと期待をかけていたのだ。

「このままでいるなんて、私たちみんなにとって不幸なことよ。私は出て行かなければ」

父は納得がいかない様子でうなずいた。

「きっと会いに行くよ」父はかすれた声で言った。「おまえもたまには家に帰って来てくれるね?」

「もちろんよ、ハンナと同じように」

「ハンナ!」父はまた苦々しげに言った。「あの娘(こ)はなんでも持っているのに、おまえには何一つない。なんと不公平なことだろう!」

「ハンナをうらやんではいないわ。彼女は成功して私は失敗した、そのことを認めなくちゃ」

父は立ち上がって娘の肩に手をのせた。

「おまえが人生を失敗したと言うのはまだ早い。まだまだ長い前途があるんだから、長い人生の道のりがね。それに、失敗とか成功をどんな基準で決めるというのかね? 財産、それとも名声?」父は頭を振った。「いや、ジュディ、人生の成功ってものは、私たちがどれほどほかの人たちを幸せにできるかってことで決まるんだ。そして、おまえは長い間私を幸せにしてくれたよ」ドアがさっとあいて父が口をつぐんだとき、ジュディは体をこわばらせた。二人には、アリスが階段を上がって来る足音が聞こえなかった。怒りに紅潮した義母(はは)と顔を合わせるのを避けて、ジュディは父から少し離れてうつむいた。

「私の悪口でも話していたんでしょう!」幼いころからずっとジュディの部屋だった、ピンクと白で統一された愛らしいベッドルームを冒瀆(ぼうとく)するように、荒々しい声が響き渡った。「どうやって私を追い払おうかとたくらんでいたのね? いいわ、いくらでもひそひそやっていらっしゃい。でも私が出て行くと思ったら大間違いよ。ここは私の家です！　もしそれが気に入らなかったら、二人ともここから出て行ったらいいでしょう！」そう言うとアリスは部屋から飛び出し、腹立ちまぎれにドアをばたんと閉めた。ジュディは震えて、父はつのる怒りに青ざめて、立ちつくしていた。

「私たちに出て行けだと？　アリスは本気でこの家を取り上げられると思っているのだろうか？」

「アリスのところに戻って」うっすらと涙を浮かべ、ジュディは父に懇願する。「すべてのトラブルの原因は私にあるのよ、お父さま。私が出て行くのが早ければ早いほど、良い結果になると思うわ」

父はしぶしぶうなずき、ゆううつそうに肩をすくめると部屋から出て行った。

なんとかしなければ――それもすぐに。それから数日の間、ジュディは昼休みを利用して、会社のあるドーチェスターで部屋探しをした。しかしその週の終わりごろになると、ジュディは楽観的ではいられなくなった。そしてなんの成果もなく二週間が過ぎたとき、まったく希望を失ってしまった。ジュディが見た部屋は、どれもこれもあまりにも家賃が高く、とても払いきれそうになかった。父は仕事から帰って来る娘の様子を心配そうに見守り、適当な部屋が見つからなかったと聞くと、いつも決まって、安堵と同情の入り交じった表情になるのだった。

「私、やっぱりここを出て行くわ」ある夜、アリスがブリッドポートの姉に会いに出掛けたあと、ジュディは、昔のように父と二人で居心地のいい居間に座り、思いつめたように言った。「別れ別れになるのは、お父さまにとっても、私にとっても辛いことだけれど、それが一番なのよ。お父さまとアリスが仲良く暮らせるのなら、私が出て行って夫婦二人きりになったほうがいいし、二人ともまだ若いのだからなんとか努力してみるべきだわ」

「でも、町中探しても部屋は見つからなかったのだろう?」

「私、別のことを考えたの。だれか夫を亡くした女性の身の回りの世話をする仕事なら探せるわ。よく新聞の求人欄に出ているもの」

「そういった職業につくと聞いたら、アリスはきっと、おまえを落伍者だと言うだろう」

ジュディは青ざめた。

「まじめな仕事よ。少しも恥じることはないわ」話しながら、彼女はちらっと時計を見る。ハンナが週末を過ごしにやって来ることになっていた。その日の午前中、ハンナがジュディの仕事場に電話をかけてきたので、そのことをアリスに伝えておいたにもかかわらず、アリスはそれでも姉に会いに出掛けてしまったのだ。「ハンナは八時ごろに着くと言っていたわ」父が黙っているので、ジュディは続ける。「アリスが家にいてくれればよかったのだけれど。私、ハンナの相手をするのは気が重いわ」

「ハンナが約束を守るかどうか怪しいものだと思って、出掛けてしまったのだろう。来ると言っておいて姿を見せなかったのは一度や二度じゃないから」

しかし、ハンナはやって来た。そして、ビルはわずかしかお金がないのに、口実をつくって近所の居酒屋に出掛けてしまった。

「あなたのお父さん、私が嫌いなのね」父の後ろでドアが閉まったとき、ハンナは見くびるように言った。「どういうつもりでママがあの人と結婚したのか、私にはわからないわ」美しくマニキュアした手をさっと振り、ハンナは軽蔑したように部屋の中を見回した。暖炉、スレート敷きの炉辺、太い樫の木の梁、ざらざらした壁、明るい花柄のカーテンが下がった張り出し窓。「以前は、ママだってこれよりはましな暮らしをしていたわ。もしママがそんなに結婚したかったのなら、私のパパみたいな人を探せばよかったのよ。父は建築家だったの」ハンナはあてつけがましく自分の父を自慢し、ジュディは腹立たしさにかすかに顔を赤くした。なんとか怒りを抑え、サイドボードの所に行って引き出しをあけると、ジュディは一通の航空便を取り出した。

「今日の午後これが届いたわ。お義母(かあ)さまがあなたに転送しようとなさったのだけれど、あなたがここに来ると言ってきたのでそのままにしておいたの」

手紙はミス・ジュディ・ランハムあてだったが、それが自分に来たものではないことをジュディは知っていたし、義母(はは)もそれを当然のことのように思っていた。アリスはいつも、娘がおぼれる寸前だったギリシア人の子どもを、勇敢にも救い出したことを自慢していたし、その少年の伯父が裕福な船主で、そのことがあってから彼とハンナがとても親しくなったのだと話していた。手紙をハンナに渡したとき、差し出し人の性格が一目でわかるような、強くてしっかりした筆跡に、ジュディは引きつけられないわけにはいかなかった。

「そう……ありがとう」ハンナはクッションに寄りかかって長く優美な脚を組み、いかにもけだるそうな態度で封を切った。

「何か飲みものでも用意するわ。紅茶？　それともコーヒー？」

「もっと強いのがいいんだけれど、あるかしら？」

ハンナは甘ったるい声で言うと、長いまつげの下から横目でジュディを見た。「ウイスキーは？」

ジュディは表情を硬くした。

「うちにはウイスキーがないってこと、よく知っているでしょう？　そんなぜいたくはできないのよ」

「貧乏っていやね！　まあいいわ、じゃ、コーヒーを、ブラックで」ハンナは封筒から一枚の便せんを取り出し、読み始めた。

ジュディはキッチンに立ち、サンドイッチとコーヒーの支度をした。まだ八時半。あと二時間も、どうやってハンナと親しみのある会話を続けたらいいだろう? 流しの上にある小さな鏡に自分のしかめっ面が映るのを見て、ジュディは笑顔をつくってみた。その笑顔は、ハンナも及ばないほど美しかった。透き通ったつややかな肌、高い頬骨、広い知的な額。小さくてつんとそり返った鼻とふくよかで上品な唇、とび色の混じったハニーゴールドの髪、ぱっちりとしたアーモンド型のはしばみ色の瞳。

お盆を持って、ジュディは居間に戻る。さっきの手紙は長椅子の隅に放り出されていて、ジュディが小さいテーブルの上にお盆を置いたとき、ハンナが言った。

「あなたが読んだら、あの手紙捨てていいわ」

「読むって、私が?」

整った顔立ちに得意げなほほ笑みが浮かぶ。

「私を崇拝しているギリシア人のビダス・テロンからよ。最近知ったことだけれど、彼、億万長者なの。私に結婚を申し込んできたわ」

ジュディは息をのむ。億万長者がハンナと結婚したがっている。成功した人……そして落伍者。確かに父の言うとおり、ハンナはすべてを持っている。それにひきかえ自分には何一つないのだ。

「あなたのお母さま、喜ぶでしょうね」

「決まってるわ。あなたのお父さんだって、もし億万長者があなたに結婚を申し込んだら喜ぶでしょう?」

その言葉を聞き流して、ジュディはポットを取ってハンナのカップにコーヒーを注いだ。

「なぜその手紙を捨てるの? 普通だったらそういった手紙はとっておきたいのじゃない?」

「なんのために? よしてよ」

「思い出として」ジュディの言葉に、ハンナはばかばかしいと言うように短く笑った。

「変な人。この辺の田舎にはおかしな連中が多いのね。思い出ね――」ハンナはそこでまた笑った。

「読んだら？　そのあと火にくべればいいわ」

コーヒーを渡しながら、ジュディはちらっと手紙を見やったけれど、そのままにしておいた。

「その人と結婚するつもりなの？」

「もちろんよ。でも今すぐはだめ。映画の撮影が終わってからよ」

「その人、待ってくれるの？」

「平気よ。私は自分の仕事を優先させるわ。これからもずっとそうするつもり。彼だっていずれ折れてくるでしょう」ハンナはサンドイッチを取り、ちょっと眺めてから口に入れた。

「男性はいつだって、妻が夫を優先させることを望んでいると思うわ」と、ジュディは言う。

ハンナのバイオレットブルーの瞳に、からかうような光が浮かんだ。


「あなたなら、きっと仕事より夫を第一に考えるでしょうね？」

「もし幸せな結婚生活を望むのなら、あなたも夫を第一に考えるべきじゃないかしら？」

「時代遅れな考え方ね、ジュディ。男性だって妻より仕事を優先させるのに、どうして女性がそうしてはいけないの？　せっかく女性が自由を手に入れても、それを利用しなかったら、平等のための戦いなんてなんの役にも立ちはしないわ」

「ギリシアでは平等じゃないでしょう？　男性支配の国ですもの」

「ばかばかしい！　どっちみちビダスは、私が住みたい所に住むことになるでしょうね。それがギリシアでないことは確かよ。だから、もし彼がイギリスに住むようになれば、当然イギリス人と同じように、妻を対等に扱わなければならなくなるわ」

「その人があなたの言いなりになるとしたら、きっと気弱な男性ね」ジュディは、長椅子の上に広げられたまま放り出されている便せんに目をやった。でも、あの特徴ある筆跡は、間違いなく強い性格の男性にしか書けないものだ。ジュディは下の方に書いてある名前を読んだ――ビダス・T。「だけど、会ったこともない女性と結婚したがるなんて、どういうことかしら?」

「正直に言うと、確かに私も不思議に思うのよ」ハンナは考え込んだようにサンドイッチをかじった。

「何かなぞめいたものがあるように感じるの」

「なぞめいたもの?」ジュディは長椅子に座り、手紙を取り上げた。「どういうこと?」

「あなたが言ったように、手紙のやりとりだけで会ったこともない女性と結婚したがるなんて、気の弱い男のすることだと思うわ。彼は私の写真さえ持っていないのに――写真が欲しいとも言わなかったのよ」

「でも、彼はあなたがだれか、知っているのでしょう? 映画スターだってことも?」

「そのことは知らせていないわ。私の手紙はいつも短いのよ、文通なんてたいした役にも立たないと思っているから」ハンナはちょっとの間口をつぐみ、それから続けた。「でも、彼の手紙から察すると、気弱なタイプの男性とはほど遠い感じなの。その反対に人一倍強いタイプみたいだわ。彼の仕事だって――ビダスが億万長者だと教えてくれた友だちの話では、彼、とてもやり手の実業家らしいの。その上すごくすてきなんですって」前かがみになってもう一つサンドイッチを取りながら、ハンナはふっとほほ笑みを浮かべて言った。「どういういきさつで手紙のやりとりをするようになったか、まだ話していなかったわね?」

「ええ、その人の甥の命を救ったことはあなたのお母さまから聞いているけれど」

「特にどうということでもなかったのよ、その子がおぼれそうになって私が助けただけ。あなたも知っていると思うけれど、私は水泳でいくつかメダルを取っているんですもの、べつに英雄的な事件というほどのことでもないわ」ハンナは当然のことのように言い、ほかの面での彼女の性格はどうあれ、このことについてはまったく得意げな様子はなかった。

「その子の両親は休暇でアメリカに行っていて、ビダスがその子を預かっていたの。ビーチに子守りがいたのだけれど、その人ったら、子どもを見る代わりに、イギリス人の旅行客とふざけていたのよ。そのとき子どもがおぼれかかって――その子の伯父さんがどんなに感謝したか、想像がつくでしょう? 彼は、私が島から帰ってしまう前に連絡をとるつもりだったんだと思うわ」

「コルフ島だったわね? お義母さまがそう言ってらしたと思うけど?」

「そう、ビダスはそこで豪勢な邸宅に住んでいるの。で、今言ったように、私がその子守りの人に名前とホテルを教えておいたから、彼は私と連絡をとろうとしたらしいのだけれど、そのあと私はすぐに出発してしまったのよ。あのツアーの予定では、コルフにたった一週間しかいないで、あとはアテネに行ったから。とにかく、ビダスはホテルで私の住所をきいて、私が旅行から帰ったとき、ここに手紙が来ていたというわけ。あなたも覚えているでしょう?」

ジュディはうなずいた。でも、どうしてその手紙が、ハンナのいるロンドンのアパートに届かなかったのか尋ねた。

「あなたが旅行に行ったとき、もうあのアパートに住んでいたでしょう?」

「ええ、でも予約をしたときはまだここにいたから、旅行会社の人はここの住所しか知らないのよ。それで、ビダスの手紙はいつもここに届いてしまうの」

ジュディは考え込んだようにコーヒーをすすった。

「あなたの住所が変わったこと、どうして彼に教えなかったの?」ジュディは、自分がなぜそんなことをきいたのかわからなかった。ビダスがロンドンのアパートでなく、ここに手紙をよこすことは、少しも重要なことではなかった。

「そんな面倒なことをする必要はないわ」コーヒーカップをテーブルに置き、ハンナはエレガントな動作でクッションに寄りかかりながら無造作に言った。「さっきも言ったけれど、文通なんかなんの役にも立ちはしないから」

「でも、手紙で人生が変わるかもしれないのよ」ジュディはぼんやりと、手にしている便せんに視線を漂わせた。「億万長者が……」彼女はちらっと目を上げる。「女性ならだれだってあこがれるわ」

ハンナの顔に得意そうな表情が浮かんだ。

「うらやましい?」心にもない同情を示して、ハンナは横目でジュディを見やり、尋ねた。

便せんが手の中でかすかに震え、ジュディは自分の将来を考えていた。夫を亡くした女性の世話をする仕事につくか、さもなければ狭苦しい部屋を見つけ、今の仕事を続けるか。いずれにしてもぜいたくとはほど遠い、つましい暮らし。ハンナがコルフ島で過ごしたような休暇のチャンスもありそうにない。

「もし、億万長者が私にプロポーズの手紙を寄越したら、きっと有頂天になるでしょうね」ジュディは正直に認め、ハンナの返事を待ちながら、かすかにため息をもらした。

「何かミステリーっぽいものがあるみたい」ハンナは意味ありげに言った。

「ミステリーじみていると、本当にそう思うの?」

「そんな感じがするわ。その手紙、読んでごらんなさい」

ジュディは椅子の背に寄りかかり、手紙を読み始めた。

親愛なるジュディ、

甥の命を助けて下さったことに対して、重ねてお礼を申し上げた手紙に、丁寧なお返事をありがとう。あなたの適切な判断がなかったら、もっと大きな事故につながったことでしょう。ダボスとその子の両親――私の弟とその妻――は、あなたもイギリスの新聞でお読みになったかもしれませんが、つい先日の列車事故で亡くなりました。この一家は私の唯一の血縁だったので、今、私は完全に一人きりになってしまいました。ジュディ、私たちはお互いに何一つ知り合ってはいない。でも、私はあなたに結婚していただきたいのです。あなたが良い人だということは、あの手紙でわかります。あなたには勇気があるし、その上、ダボスの命を救って下さったことに対して、私は心から感謝しているのです。最初の手紙で言ったように、私はあの日、仕事の関係でアテネに行かなければならなかった。とにかく、あの子とずっといっしょにいることはできなかったのです。私が預かった子どもに何かが起これば、両親がコルフに帰って来たとき、彼らに合わせる顔がなかったでしょう。もしかしたらあなたは、私の感じている感謝が大げさだと思うかもしれない。でも、我々ギリシア人は、特に深く感謝するということを重んじるのです。そして、私があなたに対して感じているように、恩を受けた場合には、十分にそれに報いようとするのです。そういうわけで、私はあなたに結婚を申し込んでいるのです。決心がつきしだい、返事をお聞かせ下さい。

ビダス・T

ジュディは長い間その便せんを手にしていた。この男性の悲しみが、手紙の中に流れている――でもそこには何か、それ以外のものがあるような気がしてならなかった。それは直感のようなもので、この男性の心の中に別の痛みが、近親者を失ったからばかりではない、ほかの苦しみがあるという、確信に似たものであった。

「なんてことでしょう――身内の方たちをこんな事故で亡くしてしまうなんて」涙が目の奥をちくちく刺し、ジュディは慌ててまばたきして顔を上げた。こんな内容の手紙を、ハンナはどうしてあのように冷静に受けとめることができるのだろう！　読んでしまったら燃やすように言うなんて、それほど無関心でいられるものだろうか？　一人の人間の深い悲しみに、こんなに無神経でいられるとは！「この方を知りはしないけれど、心からお気の毒だと思うわ」困惑して、ジュディはその筆跡にもう一度目を落としたけれど、涙に霞んだ目には文字がゆがんでぼんやりと見えただけだった。「なぜかよくわからないのだけれど、会ったこともないのに、この方の悲しみが伝わってくるようだわ」

ハンナは、冷たく、少しも優しさのない声で笑った。

「あなたっておめでたいのね！　知りもしない人のために泣くなんて！　お優しいこと！　毎日、幾百万の人たちが死んでいるってこと、知っているの？　みんなのために涙を流すつもり？」

一瞬言葉もなく、ジュディは濡れたまつげを指でぬぐった。

「そういった知らない人たちのために悲しんでいるのではないわ。この、ビダスという人のことを言っているのよ。ハンナ、彼の深い悲しみが感じられない？　それに、ほかの何かがあるように思わない？身内を亡くした悲しみ以外に？」

ハンナは眉を寄せ、ジュディが正気かどうか疑うようにじっと彼女を見つめた。

「いったいなんの話？」

ジュディは話そうとして口を開きかけたけれど、思い直して頭を振った。自分が感じていることを説明することはできそうもない。読まなければよかった。この手紙の内容は、これから先長い間心に残るだろうし、きっと深いゆううつにとらわれてしまうに違いない。この男性がだれなのか知りもしないのに、どうしてこんな気分になるのだろう？

「独りぼっちになってしまって」なぜそんなことを言ったのか、自分でも気づかぬうちに、ジュディはそう口にしていた。

「それがどうだというの？　独りぼっちの人はたくさんいるのよ」

ジュディはさっと顔を上げる。このビダスという人は、彼が深い感謝を捧げている女性に対して、ひどい誤解をしているのだ。〈……良い人だということは、あの手紙でわかります……〉彼はそう書いている。ハンナはきっと、人の心をとりこにするような手紙を書いたのだろう。ビダスが思い違いをするのは当然かもしれない。

「あなたの言うように、何かなぞめいたものがあるみたい」ジュディは、手にしている便せんに目を落とした。ビダスは彼の感じている恩について書いたあと、こう続けている、〈そういうわけで、私はあなたに結婚を申し込んでいるのです〉

「そう思う？　何か手がかりでもあって？」

まだ自分の感情に戸惑いながら、ジュディは首を振った。まるで、この男性が自分の知っている人で、手紙もハンナあてではなく、自分あてに来たかのような気が、ジュディにはするのだった。こんな気持になるなんて、いったいどうしたことだろう？　ビダス・テロンは、自分とはなんの関係もないのに！

「なぜ彼は結婚を申し込むのかしら？　もしあなた

にそれほど感謝しているのなら、普通だったらお礼をしたいと言うでしょう？　なぜ結婚でなければいけないのかしら、ハンナ、なぜ？」

ハンナは肩をすくめてため息をつき、しばらくしてから口を開いた。

「それがミステリーなのよ、どうして結婚と結びつくのかしら？」

ジュディは機械的にうなずいた。

「そうね、ハンナ、確かにミステリーだわ」

2

この〝ミステリー〟が、ビダスの手紙からジュディが感じ取った〝何かほかの〟悲しみと関係があるのだろうか？　そのあと何日か、ジュディは何度もそのことを自問した。そしてそのたびに、見ず知らずの男性のことで頭を悩ますのは余計なことなのだと自分に言い聞かせた。

ハンナがこの家で週末を過ごして一週間ほどたったある日、また例の口論が起こった。そしてそのとき、アリスははっきりと、ジュディにこの家から出て行くように言ったのだった。アリスは〝実の娘が億万長者からプロポーズされたことに有頂天で、ジュディなら労働者からでもプロポーズされれば幸せなほうだと言うのだった。義母にはそれほどの悪意はなかったにせよ、その言葉はジュディの心を深く傷つけた。彼女は部屋に戻り、自分が人生の落伍者なのだという考えに打ちのめされていた。

気性の激しい義母のいる家から出て行こうとするジュディの努力も、うまくはいかなかった。どんなに必死に探しても、住み込みで働ける仕事も、会社に近い部屋も、見つけることはできなかった。さらに悪いことに、父はしょっちゅう居酒屋に入りびたり、そこで閉店までねばるようになった。そのために父は、以前妻に渡していた金額のうわまえをはね、ますますアリスは、義理の娘に対する憤懣をつのらせるのだった。ジュディにとって、このコテージでの生活は日増しに耐え難いものになっていった。

週末のある日、思い余ったジュディは、差し迫って必要な靴を買うためにためたお金を使って、ロンドンのハンナに会いに行くことにした。電話を二度かけてもハンナは留守だったが、とにかくジュディは、その日の午後の列車に乗り込んだ。

「それにしても、どうしてハンナに会いに行こうなんて思ったのかしら?」ジュディは惨めな気持で自問する。「気が合うわけはないのに。行く前よりずっと不愉快になるに決まっているわ」

ハンナは家におり、ジュディを見て驚いたようだったけれど、とにかくアパートに入るように言った。

「何かあったの?」

ジュディはハンナに何も隠さずに、アリスとの生活は耐えられないこと、そして家を出るために部屋を探していることを話した。

「コートを預かるわ」ハンナは不機嫌にため息をつき、ジュディのコートをハンガーに掛けた。「あの二人は結婚すべきじゃなかったのよ。まったく釣り合わないもの。ママはまだお金の心配をさせられているらしいわね。貧乏ほど結婚生活を破たんさせるものはないわ。〝貧乏神がノックすると愛は窓から逃げ出す〟この古いことわざはまったく真実ね。ありがたいことに、私は決して貧しさを経験することはないけれど」ハンナは対になっている椅子の方に手を振った。「椅子に掛けたら？　何かお酒でも飲む？　ウイスキーかブランデーは？」

言われるままに椅子に腰掛け、ジュディはお酒を断って紅茶を頼んだ。

「私、ここに泊まっていってもいいかしら？」

ハンナが冷淡に、いら立ったように肩をすくめるのを見て、ジュディは紅茶を飲んだらすぐにも帰ると言いたかった。しかし、あんな状態の義母(はは)がいる家に帰るのは、とても耐えられなかった。

「もしそうしたければどうぞ。でも、しょっちゅう来られても困るわ。いつもはデートがあるし、さもなければ友だちが会いに来るから。ここには余分な寝室は一つしかないのよ」ハンナはそう言うとキッチンに立ち、ジュディはほてった頬に手を当てた。ここに来るなんて、どこまで自分はばかだったのだろう？　週末を、二階の自分の部屋で過ごしたほうがましだった。「いずれにしても」お盆に紅茶のカップを二つのせて戻って来ると、ハンナは続けた。「私、じきにここを出て行くことになるわ。ロケ隊は三週間後に島に出発するから」

「ビダスという人に返事を書いた？」

「当然でしょ」

「プロポーズを受け入れたの？」

「どうしたと思う？　もちろん、オーケーしたわ」

「彼、撮影が終わるまで待ってくれるの？」

「映画のことは何も言っていないわ」

「まあ、でもどうして？」

「私は自分の仕事のことは書かなかったの。そんなことまで書くチャンスもなかったしね。だって私たち、手紙を六通やりとりしただけなのよ」

「六通？」アリスは、娘と金持のギリシア人が、ひどく親しくなったのだと吹聴していたのに。「お互いに三通ずつ出しただけ？」

「そうよ。そして今言ったように、私の職業については何も書かなかったの。私が公衆の目にさらされるってこと、きっと彼は喜ばないと思うから。もし私のしていることが気に入らなかったら、彼、いつでもプロポーズを引っ込められるんですもの」

「あなた、彼を失いたくないのでしょう？」

「もちろん失いたくないわ。だから、一身上の都合で、今すぐは結婚できないと言ってごまかしておいたけれど、とにかく彼とは結婚するつもりよ」

ジュディはまったく当惑して考え込んだ。この状態には、何か腑に落ちないものがある。まず、ビダスのような立場の男性が、たった三通の手紙しか受け取っていない、見ず知らずの女性と、写真も見ないで結婚しようとするなんて、とても考えられないことだった。しかも、それが事実なのだ。

「会いもしないで彼と結婚を？」

「これから会うわ。もし気に入らなかったら考えを変えればいいのよ」

「そんなことできるかしら？」

「彼みたいなすごい人、断る気にはならないでしょうけれど」ハンナは笑った。「億万長者ですもの。あれほどの財産を簡単に断る女の子はいないわ！」

「彼のお金目当てに結婚するというの？」

「そうよ、彼だってそんなことは百も承知よ。だから、あなたが彼に同情することはないわ」

「それにしても、なぜその人、あなたに結婚を申し込んだのかしら？」ジュディは眉を寄せた。ハンナはそれについて考えるのはうんざりしたというように、ただ肩をすくめただけだった。

「きっと何か理由があるのよ。会ったときに話してくれると思うわ」

「手紙では何も言っていないの？」

「たぶん、手紙なんかでは書けないことでもあるんでしょう。いやだわ、そんなことどうでもいいじゃない？　私が悩んでもいないのに、どうしてあなたが心配しなければならないの？」

二人がずっとおしゃべりをしていると、玄関のベルが鳴り、ハンナは三十歳くらいの青年といっしょに居間に戻って来た。ジュディに彼――デビッド・ペインを紹介すると、ハンナは紅茶をいれるためにキッチンに立って行った。

「君もジュディというの？」デビッド・ペインは感心したようにジュディを見回した。彼は率直そうで、ジュディはすぐに彼が気に入った。「どういうつづり？」

ジュディが教えると、彼はかなり驚いた様子だったが、どうしてハンナが同じ名前なのか、ジュディはとりたてて説明はしなかった。

「ジュディはラッキーだったね、《たそがれのファンタジー》の主役に選ばれるなんて」

「ええ、本当に」

「これから有名になれるかもしれない、いいチャンスなんだ」デビッドはちょっと黙り、ドアの方にちらっと視線を走らせた。「もし彼女がばかなことをしなければね」彼は小声でつけ足した。

「ばかなこと？」

デビッドは一瞬ためらった。

「君は彼女の妹だから、きっと聞いていると思うけれど、彼女と結婚したがっているビダスって男のこと、知っているだろう？」

「ええ」

「彼女、その気になっているらしい。その男と結婚するとかしないとか、君に何か打ち明けたかい？」

「そうね、ええ……映画が完成したら結婚するようなことを言っていたわ」

「映画が完成したら?」デビッドは口をつぐみ、ジュディを見つめた。「そうか……彼女はまだ何も知らない、それは確かだ。でも、どうしてビダスは、彼女と結婚したい理由を、はっきり言わないのかな?」デビッドは考え込んだように言った。ドアの方を気にしながら、ジュディは緊張した面持ちで尋ねる。

「ビダスという人をご存知なの?」

「会ったことはない。でも、僕の友だちが、ビダスの仕事仲間をよく知っているんだ。そしてそいつが、ビダスが億万長者だと教えてくれたわけさ。それで僕が君の姉さんに教えた。彼女に聞いたろう?」

「ええ、聞いたわ。その方が義姉と結婚したがっている理由を知っているの?」

「ジュディ本人が知らないのなら、君にも話すべきじゃないかもしれないな……」

「教えて、お願い。ハンナ——いえ、ジュディには一言も言わないから」

「ビダス・テロンには身内がいない」

「それは知っているわ」

「血のつながりのある親戚がいないというべきかな?」

「それで?」ジュディはまたドアの方を見た。

「彼はあと六カ月しか生きられない。結婚したいわけはそこにあるんだ。遠い親戚がいるにはいるんだが、ひどくいやな連中らしい。僕の友人の話によると、ビダスは、六親等も離れた、血すじだというだけで遺産争いをするに決まっている連中に、彼の財産を遺したくないらしい。それで結婚を……」

「六カ月の命」この言葉だけがジュディの心にこだました。〝六カ月の命〟——そうだったのか、手紙を貫いていた悲しみは、これだったのか! これこそ、ジュディが感じ、ハンナは気づかなかった〝何かほかの苦しみ〟だったのだ。六カ月のうちに死ぬなんて――ハンナは、彼がまだ三十一歳だと言っていたのに。「なんてことでしょう！」ジュディの瞳に涙が光った。「その方、どこが悪いの？」

「脊椎(せきつい)が冒される、めったにない病気で、今のところ治療法がないらしい。研究が続けられてはいるが、原因不明の病気なんだ。極東の一部の島の住民にだけ見られる病気らしい。ビダスはその島の一つに病院を建てる資金を出していて、そこの開設のために島に行ったんだ。そして病気になった――皮肉な話だね？」

「それでわかってきたわ」ジュディはかすれ声で言った。「少し前までは兄弟が生きていた……」

「そう、それに甥(おい)も。それまでは遺産について心配する必要はなかったわけだ。その身内に遺せばよかったんだから」

「彼のことをよく知っているのね？」

「さっきも言ったように、僕の友だちが、ビダス・テロンとかなりの取り引きをしている人と知り合いだから。今言った情報は、すべて彼から聞いたことなんだ。ビダスの命があと六カ月しかないってこと、ジュディが知らなくてよかったよ。もし知っていたら、きっと彼と結婚するほうを選ぶだろうから。ということは、ビッグスターになるチャンスを棒に振るってことなんだ」

「彼女に、スターになるチャンスを捨てさせたくない理由でもあるの？」

「僕が彼女に惚(ほ)れているかどうか、きいているのかい？　その答えはノーだ。僕が興味を持っているのは金なんだ。その映画会社にかなりの大金を投資しているからね」

「そうなの」

「ジュディには言わないって約束だよ」

「何も言わないわ」あと十二カ月は彼と結婚できないというハンナの手紙を受け取ったら、ビダスはどうするだろう？　だれかほかの人を探すだろうか？

「彼がどんな人か、何かご存知？」涙のにじんだ瞳でデビッドを見つめ、ジュディは尋ねた。

「めったにお目にかかれないような男性らしいよ。背が高くて、ギリシア人独特の浅黒い肌をした、すごくハンサムって話だ。外見を見ただけでは、彼が病気だなんてだれ一人信じないだろうし、健康を絵に描いたような堂々とした男だって、そいつが言っていた。この病気はしばらくの間ゆっくりと進行して、それから急に悪化するんだそうだ。そして最後はとても早い」

「なんて恐ろしいこと！　そんな病気にかかっているのを、彼は知っているのね」

「もし僕がそんな病気に冒されているのを知ったら、自分でけりをつけるだろうね。自分が六カ月後に死んで、忘れ去られてゆく――そんな精神的な苦痛に、僕だったら耐えられないと思うよ」

「生きてゆくには、かなりの勇気がいるでしょうね」デビッドはうなずいたけれど、そのとき、ハンナが紅茶を運んで来たので、その話は打ち切られた。

「二人で何を話していたの？」自分の目がうるんでいるのを思い出して、さっと目をそらしたジュディを、ハンナはちらっと見やった。

「君のことさ」デビッドが間髪を入れずに答える。

「僕たちは、君がどんなに幸運に恵まれているか話していたんだ」

「ええ、確かにそうね。何カ月か、すばらしい南海の島で過ごせるし、映画づくりは楽しいでしょうし、それに、お金持と結婚できるのよ！」

それから一週間もしないうちに、ハンナがジュディの会社に電話をかけてきて、すぐに南太平洋に出発することになったと告げた。

「思ったより早くなったので、ママにお別れを言いにそっちに行けないわ。よろしく言っておいてね。あまり期待しないようにと伝えておいて。それじゃ——あなたが探している部屋が見つかるように祈ってるわ」

アリスは憤慨した様子で、今度ばかりは少々気落ちしたようだった。

「出掛ける前に、あいさつくらいはしに来ると思っていたわ。子どもなんて！　近ごろはまったくあてにはならないんだから」

「きっと、とても慌ただしかったのよ」ジュディはとりなすように言った。「荷物をまとめるだけでも、大変なことでしょうから」

「あの子の肩を持つことはないわ」今にも泣き出しそうな様子でアリスは言った。「弁解の余地なんてないんだから」義母の目から涙がぽろっとこぼれ、ジュディは父の顔を見た。

「泣かなくってもいいだろう。一生ってわけじゃないんだ。行ったと思ったらすぐに帰って来るよ」

「あの子を必死で育てたっていうのに！　私だってどこかに行ってしまいたいわ！」

こんなことは珍しいことでもなかったし、いつも無視されるのが常だったけれど、三人ともなぜか気持が和らいでいて、ビルが衝動的に言い出した。

「ねえアリス、私と二人で何日か海に出掛けてみよう。それくらいの金はあるから」

アリスは涙をふき、びっくりしたように夫を見つめた。

「去年から休みをとっていないから、休暇もとれるよ。どうだね？」

アリスはちょっとためらっていたが、ジュディはこの雰囲気の変化がただ嬉しく、父の意見に賛成した。そして結局、彼らは次の水曜日に出掛け、翌週の水曜日に帰って来ることに決まったのだった。

「おまえは一人で大丈夫かい？」二人が出発する日

にビルは尋ねた。ジュディは会社に出掛ける前に朝食のお皿などを洗いながら、父に笑顔を向ける。

「もちろんよ、お父さま。さ、早く出掛けないと列車に乗り遅れるわ」

しばらく黙っていてから、父は気乗りしないように言った。

「この旅行に出掛けても、何も変わらないだろうよ。今朝のアリスはいつもと同じように機嫌が悪いし、結局は行かないほうがいいと思い始めたくらいだ」

ジュディは唇をかんだ。朝早く、彼女はアリスのヒステリックな声を聞いていた。

「ええ、わかるわ」ジュディは同情をこめて父を見やった。「私、部屋か仕事をなんとか探してみるわ――きっとそのほうがお父さまにとってもいいと思うから」

土曜日の午後、ジュディが暖炉のそばに座っていると、外で車が止まる音がした。ジュディが立ち上がってドアをあけに行ったとき、ちょうど運転席から男の人が降りるところだった。真っすぐに立ったその人を、ジュディはじっと見つめた。背が高く堂々としていて、浅黒い肌、黒い髪、深いメタリックグレイの瞳。イギリス人ではない。……まさか彼が？

「ミス・ジュディ・ランハムにお目にかかりたいのですが」彼は一目でジュディのすべてを理解しようとするかのように彼女を見つめていたが、すぐにその表情はぱっと明るく輝いた。「あなたがジュディ？　きっとそうだ」彼は自分の質問に自分で答えながらほほ笑んだ。「僕はビダス・テロン。もうおわかりと思いますが。入ってもいいですか？」

「え、ええ、もちろん」落ち着き払った、完璧な男性の前で、ジュディは自分が取るに足りない存在になったように感じて口ごもった。この上なく魅力的な笑みをたたえている彼の目を見上げ、ジュディは考えていた——彼が死のうとしている？　とてもそんなふうには見えない。生き生きとしているし、快活そうで、スポーツ選手によくある体つきをしているのに。ジュディは息をのんだ。でも喉に何かがつかえたようで、やっとこう言ったとき、その声はかすれていた。「ええ、ビダス、どうぞ中にお入りになって」

「ありがとう、ジュディ」ビダスはごく自然な態度で、二人は、お互いにずっと昔からの知り合いのように感じていた。「この椅子に掛けてもいいですか？」彼はソファを手で示しながら言い、ジュディはやっと気を取り直してうなずくと、彼に何を飲むか尋ねた。

「コーヒーを。ブラックでお願いします」

ジュディはなんとか笑顔をつくり、キッチンに行った。心臓は高鳴り、神経が高ぶっていた。なぜ？　なぜすぐに、彼がはるばる会いに来た女性は自分の義姉で、今ここにいないのだと、はっきり言わなかったのだろう？　居間に戻ったらすぐにそう言わなければ。

「コーヒーをお持ちしましたわ」ジュディは顔を赤らめ、どぎまぎして言った。しかし、魅惑的な島、コルフ島からやって来たギリシア人の目に、それがどんなにチャーミングに映ったか、ジュディ自身は気づいていなかった。

「こ、ここに置きます」小さなテーブルを引き寄せ、ジュディはその上にお盆を置いた。「何か召し上がります？」

「遅い昼食を済ませてきましたから、夕食までは何もいりません」ジュディは彼の顔を見つめる。端整な顔立ち、ギリシア人独特の高い頬骨としっかりした顎。ほほ笑みを浮かべている唇は、今は優しかったけれど、それが厳しく、容赦なく引き締まることもあるに違いないと、ジュディは感じた。「僕がこんなふうにあなたの前に現れたことに、少しも驚いていないようですね」

「私……とても驚いていますわ」あまりにも堂々とした彼に圧倒されていたことは確かだった。それにしても、ハンナだったらもっとびっくりしただろう。あの手紙の内容からみて、ビダスがなんらかの行動に出るかもしれないということは、ジュディには予想できたが、ハンナには思いもかけないことに違いない。ハンナが結婚を延ばしたい理由を知らないのなら、ビダスが説得しにやって来ることはありそうなことだった。「あの手紙——」ジュディが話し始めると、ビダスはそれをさえぎり、いくら注意深く手紙を読んでも、なぜ結婚を延ばさなければならないのか、その理由がわからないと言った。

「僕たちは今すぐ結婚しなければならないんです。そのわけを話すことはできないが、ジュディ、信じて下さい。決して悪いことではない」

今すぐ……六カ月の命と言われているとしても、それより早く死ぬ可能性も考えられるのだろう。しかし、妙なことだったが、その理由だけで結婚をせかしているのだとは思えなかった。ジュディは直感的に、彼が急いでいる理由がほかにあることを感じ取った。彼の気持は、ジュディに会ってからいっそう強まったのだ。

早く彼に真実を知らせなければ——そう思って口を開くたびに、すぐにジュディは口を閉じてしまうのだった。なんという気違いざただろう？　今まで決して不正なことはしたことがなかったのに。落伍者……落伍者……この言葉がジュディの頭の中でうるさくこだました。もしビダス・テロンと結婚したら、自分はもう落伍者ではなくなる。六カ月後には金持の寡婦になれるのだ。ジュディは脳裏をかすめた醜い考えをすぐに押し殺し、ビダスに真実を告げようとした。

「残念ですけれど、誤解していらっしゃるわ」

「いや、ジュディ」ビダスはそっとさえぎった。「誤解してはいない、本当にあなたと結婚したいんです。今、さっきも言ったように、それにはわけがあります。今、あなたにお話しして、心配をかける必要もないような理由が。ただ、僕の感謝の気持として、この結婚を受け入れてほしいんです。どうかイエスと言って下さい。僕には待てない。時間がないのです。今すぐ結婚すると言って下さい、お願いだ」

ジュディの胸は痛み、震えながらそこに立ちつくしていた。心の片隅でこうささやく声がする。「ハンナは帰って来るまでこのことを知らないだろう。そのとき、この男性はもうこの世にはいないのだ」

この世からいなくなる！　それは恐ろしいことだった。こんなに健康そうで立派な肉体を持った男性が、じきに死ぬなんて、そんなことがあっていいものだろうか！

「感謝の気持」唇を震わせてジュディはつぶやき、全身の神経が張りつめて、ひどく気分が悪くなった。「感謝……」彼にこんな間違いを犯させるなんて、考えるだけでもどうかしている。彼が感謝しているのはハンナ、ハンナに対してなのだ。

「僕が感謝しているなんて言うのがいけないのかな？　それでもやはり、僕が恩を感じていることには変わりはないんです」ビダスはコーヒーを置き、震えているジュディの手を取った。

「僕なりのやり方で、あなたにお礼をさせて下さい。いつか、あなたにもすべてがわかるときがくるでしょう。あなたがすぐに結婚できないという事情は理解できませんが、今すぐでない限り、遅すぎるのです」

「遅すぎる？」当惑して、ジュディは、こんなときにハンナが言うような言葉を、無意識のうちにつぶやいている自分に気づいた。「なぜですの？」

「ジュディ」ビダスはジュディの手を握っている手に力をこめた。一瞬、彼が本物のジュディ・ランハムに会ってから、ますます結婚を急ぐ気持になったのだということを、ジュディは直感的に感じ取った。ビダスが私を好きになった——そんなことがあり得るだろうか？　ジュディはずっと昔から紡がれていた運命の糸に、逆らいようもなくつながれていることを感じながら、息もつけずに彼の言葉を待っていた。すべてがあまりにも現実離れしていたので、ジュディの頭は痺れたようになり、ものごとをはっきり考えることはできなかった。「ジュディ、何もきかないで、ただ、今すぐ結婚すると言って下さい」

　ジュディはビダスの手を見下ろした。しっかりと彼女の手を握っている小麦色の手の甲に、青い血管が浮き出ている。ジュディは、つぶらなはしばみ色の瞳を彼に向けた。自分がこう言わなければならないことを、ジュディは知っている。

〝私は、あなたが手紙を出したジュディ・ランハムではありませんわ。その人は今、この家にはいません。イギリスにさえいないのです〟そう言う代わりにジュディは、相手が身を乗り出さなければ聞こえないほどの、小さな、ためらいがちな声で言った。

「あなたと結婚しますわ、ビダス……今すぐに」

3

ビダスは、村の外れにある古風なレストランにジュディを連れて行った。二人は、天井が低くて太い梁(はり)のある、深紅のカーペットが敷きつめられた部屋で、ろうそくの火に照らされて食事をした。

ジュディの頭は混乱し、今自分がしていることを考えて恐怖にかられ、幾度となく真実を話そうとした。でもなぜか、ギリシアからやって来た、魅力的でハンサムな男性の前に座っていると、ますます彼に引きつけられてゆき、財産のことはまったく彼女の念頭から消えてしまっていた。そんなことはどうでもいいのだ。大切なことは、残された六カ月の命を、この男性が幸せに過ごさなければならないということだけだった。彼の妻になり、彼と生活を共にするという考えに、ジュディは少しも不安を感じなかった。男性に対してまったく引っ込み思案な性格だったから、ある意味では困惑を覚えはしたものの、自分が見知らぬ人と結婚するというのに、こんなにも落ち着き払っていられるとは、ジュディ自身、夢にも思わなかったことだった。

ビダスがどこかに食事に出掛けようと言い出すまで、二人はかなり長い間話していた。彼は自分の仕事について話し、自分の莫大(ばくだい)な財産のことには特に触れはしなかったけれど、それでもジュディは、彼の屋敷や庭園、アテネにあるアパートメント、魅惑的な島、カリムノス島にある小さな別荘について聞かされた。

「ハネムーンにそこに行きましょう。きっと気に入りますよ」

ジュディも、ハンナがどのていど彼に話しているのかわからなかったので、最初は慎重に自分のことを話した。ハンナはあまり多くのことは書かなかったらしく、ジュディはすぐに、義姉(あね)がまったく親戚(しんせき)については触れず、ビダスへの手紙があっさりしたものだったことを知って、ほっとしたのだった。そしてジュディは彼に、自分の父と義理の母については話したけれど、ハンナのことは言わないでおいた。ビダスとハンナの間に、これ以上の手紙のやりとりはなくなるだろう。彼はハンナの存在を、永久に知ることはないのだ。ただ本物のジュディ・ランハムを知っただけで、ハンナ・スミスの名は、彼にとってなんの意味もないのだ。ビダスはもう、ハンナに手紙を出すことはないだろうし、ハンナのほうも、ビダスが条件を受け入れ、彼女が結婚できるようになるまで、辛抱強く待っていると思い込んでいるだろう。

　しかし、そのとき、ビダスはもういない……。

　二人がラウンジでコーヒーを飲んでいるとき、その考えがジュディの心によみがえり、突然、ひどい悲しみにとらわれた。初めて、ジュディはそのことについて想像してみた――ビダスの最期に立ち会い、彼と共に六カ月を過ごしたあと、彼のいない人生に直面する自分の姿を。これは愛のない結婚、確かにそうだった。けれどもジュディは、その悲嘆が耐え難いものであることを感じないわけにはいかなかった。

「ジュディ、そんなに悲しそうな様子で、何を考えているのですか？」

　ジュディは無理にほほ笑んでみせる。彼を安心させるためにはそうするしかないのだ。

「べつに、たいしたことじゃありませんわ」父と義母(はは)から離れることを気にしているのかとビダスがきいたので、ジュディはそれを否定し、家の中がうまくいっていないこと、そして、いずれにしても家を出るつもりでいたことを彼に話した。

「お父さんに会わなければ」ビダスはそう言いながらコーヒーカップを取り上げたので、彼はジュディのはっとした様子には気づかなかった。

短い時間にあまりにも多くのことが起こったので、ジュディは実際の結婚について、筋道立った考えをめぐらしてはいなかったのだ。アリスに内緒で、どうやって実行できるだろう？

「そのことですけれど……」長い沈黙のあと、ジュディはつぶやいた。「私と義母はうまくいっていないので、きっとあなたに会いたがらないと思いますわ。父は……あなたと父とが会えるように、なんとかやってみます、レストランかどこかで」

ビダスは顔を曇らせた。

「それほどひどい状態なのですか？」

ジュディはうなずき、最近あったいさかいの数々を思い起こして唇を震わせた。

「それなら、僕がプロポーズをするいいチャンスですね？」

「ええ、そうですわ」

「じゃ、あなたの家以外のどこかで、お父さんと会えるようにしてくれますか？　どこがいいだろう……」ビダスはちょっと考えてから続けた。「僕が泊まるホテルがいい。まだどこにも部屋をとっていないんです。どこか良いホテルがありますか？」

「ブリッドポートのブルホテルがいいと思いますわ。大きくはないけれど、とても感じの良いホテルなんです。きっとお気に召しますわ」

「そこに、僕たちが話せる場所がありますか？」

「ええ。そのホテルは家から三、四キロの所ですから、父にとっても都合がいいと思います」ジュディがちょっと不安そうな様子だったので、ビダスは力づけるようにほほ笑んだ。

「僕がプロポーズしたことはお父さんもご存知でし

ょうから、彼を引っ張り出すことは、それほど難しいことではないでしょう?」

ジュディは震えて息をのむ。この向こう見ずな冒険を続けるには、あまりにも多くの障害があった。

「ええ、父は、あ、あなたからプロポーズされたことを知、知っていますわ。ですから、きっと喜んであなたに会いに行くと思います」

ビダスのほほ笑みは広がり、おかしそうに瞳をきらめかせた。

「結婚を延ばしたいというあなたの気持を変えてもらうために、ここに来ようと心を決めたとき、こんなにチャーミングな若いレディーに会うなんて、想像もしていなかった」

ジュディは赤くなり、視線をそらす。罪の意識は確かに心を悩ませはしたけれど、決してそれだけが、ジュディの心の中を占めているわけではなかった。

ジュディは、自分を礼賛するビダスの言葉に酔っていた。そんなふうに言われるのは初めてのことだったし、義母（はは）がコテージに来ていっしょに住むようになって以来つきまとっていた落伍者としての意識を、それはまったく消し去ってくれたのだった。

「そんなふうに言って下さるなんて――」ジュディはようやく顔を上げて言った。「真実を言っただけです」

それから少しあと、二人は、彼が空港に着いたときに借りた大型車に乗っていた。ジュディは彼をブリッドポートに案内し、ホテルの部屋をとった。それからビダスはジュディを家まで送り、彼女はちょっと家に寄らないかと彼を誘った。ビダスはかなり長いことコテージで彼女と過ごし、すぐに帰ろうとはしなかった。その理由を察したとき、ジュディの心は締めつけられるようだった。命の一刻一刻を、彼はいつくしんでいるのだ。自分といっしょにいることは、彼にとって幸せなことなのだろう。深い共感がジュディの心にあふれ、彼に残された六カ月の間、自分のすべてを彼に与えようと心に誓った。二人の間に、不快な会話はいっさい交わされてはならないし、自分のために、たとえどんなにささいなことであっても、彼が傷つくようなことがあってはならないのだ。

彼はようやく腰を上げ、ジュディは彼を送ってドアの所まで行った。月の光が庭に降りそそぎ、春の花々の香りが、そよとの風もない夜気を満たし、開かれたドアから流れ出る光に、夜の虫たちが群がって来た。

「おやすみ、ジュディ」彼の腕にそっと抱かれながら、ジュディの胸はいっそう激しく高鳴っていた。その口づけは穏やかで、ビダスが体を離してジュディの瞳の奥をのぞき込んだとき、そのまなざしに尋ねるような光がひらめくのをジュディは感じ取った。そして、この一瞬をさらに完璧(かんぺき)なものにするために、ジュディはためらうことなく、つま先立ちをしてもう一度彼に唇を与えた。ビダスは情熱を抑えかねるようにジュディを抱き寄せ、今度は、さっきよりもいくぶん熱っぽいキスで彼女の唇を覆った。「僕のジュディ」彼はささやく。「おやすみ、明日まで」

「おやすみなさい、ビダス」感動にわななく声を必死で落ち着かせようとしながら、ジュディは答えた。

「明日、二人ですてきな一日を過ごしましょう」

ビダスはさっき、田舎をドライブしたり食事をしたり、一日外で過ごしたいと言っていた。月曜日にはドーチェスターに行って結婚の準備を整え、そのあと、ボーンマスに行こうと彼は提案した。

「十時ごろに電話します」ビダスは車に乗り込みながら言った。帰り際に彼は手を振り、車が角を曲がって見えなくなる前に、赤いテールランプがぱっと点滅した。ジュディはゆっくりと家の中に戻り、そのときになって初めて、すべての出来事が鮮やかに、しかもまったく非現実的な、夢のように感じられたのだった。そしてその瞬間が過ぎると、ビダス・テロンは、古代のギリシア神話の神々や英雄たちと同じように、あいまいな姿を持ったものとして、いっそう非現実的な印象になっていった。

旅行から帰って来て、ジュディから事情を聞いた父は、ただあきれて娘を見つめるばかりだった。すべてを話し終えたとき、父は信じられないといった様子で頭を振り、そんな偽りを見破られずにやり通せると考えるなんて、正気のさたではないと言った。

「考えてもごらん、結婚証明書にサインしたとたん、手紙にあるサインとおまえの筆跡が違うことがわかってしまうんだ！」

ジュディはサイドボードの上に置いてある写真に目をやった。

「私、練習したわ」ジュディの視線を追って写真を見たビルは、びっくりして目を丸くした。

「ハンナの写真にあるサインをまねしたというのか！」落ち着き払った娘を見つめながら、彼は一瞬、口をきくこともできないようだった。「ジュディ、いったいおまえはどうなってしまったんだ！　そんなことは間違っている。そのくらいのことはおまえにもわかるはずだ！」

ボーンマスで過ごした日のことを思い出しながら、長いことジュディは黙っている。あの日、それは信じられないほどすばらしい一日だった。彼は美しいダイヤモンドの婚約指輪を用意していて、昼食をしに行ったホテルの庭で、それをそっとジュディの指にすべり込ませた。それから二人は、本当の恋人同士のように手を取り合い、散歩道をゆっくりと歩いた。そして腰を下ろして海を見つめたり、ビーチにいる人々についてちょっとした批評を交わしたりした。太陽が二人の上に降りそそぎ、その日は一日中暖かく、輝き渡っていた。

「確かに偽りではあるけれど、それは許されると思うの、お父さま。ハンナはここにいないんですもの、彼とは結婚できないわ。ビダスとはあとで結婚すればいいのだと信じて、ハンナは自分の仕事のほうを選んだけれど、もちろん、それは不可能なことよ。彼にはだれかが必要なのよ……そして、それは私なの」

ビルは首を振り、言葉もなく娘を見つめる。ジュディは父にすべてを話した――ビダスに対する自分の気持――彼が生きている間、幸せにしてあげたいという同情と決意を。この気持にやましいところはないのだ、とジュディがはっきりと主張したとき、父が言った。

「彼がおまえに遺そうとしている財産はどうなる？ そんなものにはなんの意味もないと言うつもりかい？ そのばかげた決心をしたとき、財産のことは少しも頭に浮かばなかったと言えるのか？」

ジュディはそれをきっぱりと否定する前に、かすかにためらった。最初のころ、確かにそのことが頭にあったのだから。

「でもすぐに、お金のためではないことがわかったわ」そのとき、父が皮肉っぽく眉を上げたのに気づき、ジュディは少し傷つけられ、腹立たしかった。「信じてもらえるとは思っていないけれど、でも、もうお金のことはどうでもいいの」

「その男性に恋をしたというのかい？」父の皮肉っぽさは消え、ひどく心配そうな表情に取って代わった。

「もちろんそうじゃないわ、でも彼が気の毒で。あんな若さで死ななければならないなんて、考えただけで悲しくなるの。きっとお父さまだって、彼に会ったら同じように感じると思うわ」

「そうかもしれない。彼のような立場にいる人に対して、同情しない人間はいないだろう。でも、とにかく、おまえがその男に恋していないと聞いて、私は安心したよ」

「今夜、彼と会って下さる？」ジュディは不安そうに、小さな声で尋ねる。その前に、父の賛成があろうがなかろうが、自分はビダスと結婚するつもりだと言ってはあったが、ジュディは父を愛していたし、やはり認めてもらいたいというのが本心だった。アリスには、ジュディがイギリスの北部に仕事を見つけたので、あと二日でこのコテージを出て行くと言ってあった。ジュディが、チャンスさえあればここから出て行こうとしているのを知っていたので、その知らせを聞いても、アリスはべつだん驚いたふうもなかった。

「もちろん、会いに行くよ」父はうなずきながらそう言った。そのとき、アリスが二階に行く足音が聞こえた。「アリスは七時半のバスで出掛けるらしい」

「お姉さんの家に行くときはいつもその時間ね。私たちは八時のバスにしましょう」

二人は金曜日に結婚することになり、イギリス北部で就職するためという口実で、ジュディはその前日に家を出た。でも実際はその夜、ドーチェスターのホテルに泊まったのだった。ビダスに会ってすぐに二人の味方になってしまった父は、式の当日、いつものように朝早く家を出、仕事を休んでホテルにやって来た。そしてジュディが前もって荷物の中に入れて持ち出してきていたスーツに着替えた。

「とてもよく似合うわ」部屋に父を残し、二十分ほどして戻って来たジュディは、見直したように父をほめた。

「おまえもとてもすてきだ」父はそれだけしか言わなかったけれど、ジュディは、自分を見つめる父のまなざしから、彼が内心、そのドレスがどれほど高価なものなのか、値踏みしているのがわかった。ビダスは、ドレスを自分が買うと言い張り、ジュディはあえて逆らわなかった。このドレスを彼女のために買うことは、ビダスにとってこの上ない楽しみなのだということが、ジュディには痛いほどわかるのだった。

ビダスは仕立ての良い、とびきり上等なダークグレイのスーツに身を包み、まったく非の打ち所がなかった。背が高く、どう見ても健康そのものに見える。二人は結婚を登録する役所で落ち合った。ビダスが彼女の華奢(きやしや)な体とほっそりした腰、しゃんとした肩を賛美するように見つめて優しくほほ笑みかけたとき、ジュディは息が詰まるような気がした。桃の花が咲いたように頬をうっすらと染めるピンクが、ジュディの、繊細でチャーミングな彫りの深い顔立ちにいっそうの美しさを添えている。アーモンド型のつぶらな瞳をきらきらと輝かし、ジュディはビダスにほほ笑みを返した。

「とてもすてきだよ、ジュディ」ビダスはそっとささやき、感動したように声を詰まらせた。「本当に、なんてきれいなんだろう。それにとても幸せそうに見える。幸せかい、ジュディ？」

「ええ、とても幸せ。あなたは？」

「これ以上の幸せは考えられないくらいだ」

簡単な儀式が終わると、ビダスは妻と義理の父親を昼食に誘い、やがて別れのときが来た。その間中、ビダスはずっと上機嫌だった。彼がビルに、休暇をとって遊びに来るように言ったとき、ジュディが驚いたことに、父はすぐに同意した。なんとか旅費をためて、今年中に訪ねて行けるだろう、と。

その夜の八時に、小アジア近くに位置しているために、わずかにアジア的な性格を帯びた、ドデカネス群島の中の最も大きな島、ロドス島に二人は到着した。長い旅行の最終地点、カリムノス島に向かうフェリーに乗る前に、二人はここで、ハネムーンの最初の夜を過ごすことになっていた。

「ここは〝ばらの島〟と言われている」タクシーでローズホテルに向かう途中、幻惑されたようなジュディを楽しそうに見ながら、ビダスは言う。「ギリシアの島の中で、ここが一番美しいと言う人もいるんだ」

「あなたはどうお思い？」

「僕は、もう少し観光客の少ない島のほうがいいな。例えばコス島――ハイビスカスとジャスミン、それにイタリア人が島に持って来たばらやブーゲンビリアが咲き乱れて、それはすばらしい島だ。それに、まだこの島ほど観光客が押しかけて来ないし」

「カリムノス島は？」

「ああ、カリムノス島！　あそこはほとんど観光客に荒らされていない。観光のための客船は寄港するし、長く滞在する人もいるけれど、それでもまだ、まったく人気のないビーチで泳げるんだ」

「すてきでしょうね」二人の間が、信じられないほど急速に親しくなっていたにもかかわらず、ビダスを夫として考えることに慣れていなかったので、ジュディはその夜のことを考えて少し気おくれを感じていた。夕暮れのかすかな光は消え去り、じゃこうの香る宵闇があたりを覆い、二人の乗っている車を街灯が照らし出した。

「ハネムーンには最高の島だ。きっと君も好きになるよ」タクシーがスピードを落とし、ビダスは窓越しにちらっと外を見る。「着いたよ。疲れた？」

「楽しかったわ。胸がどきどきするくらい。私、今までほとんどどこにも行ったことがなかったの」

「あの小さな村にいただけ？」

「ええ、そう。前にもお話ししたように、父と二人で二十年以上もあそこに住んでいたんですもの」最初のころ、自分のことを話すのにどんなに慎重になっていたか、ジュディは思い出していた。でも、ハンナの手紙がビダスに良い印象を与えたとしても、あまり詳しい事情までは書かれなかったことは間違いなかった。なぜなら、ビダスはジュディの生活について、ほとんど何も知らなかったから。

「二十一歳……」タクシーがホテルの入口に止まったとき、窓の外を見ながら、彼は独り言のようにつぶやいた。「女性として、一番すばらしい年齢だ」自分がその年齢だったときのことを、ビダスは思い出しているのだろうか――まだ長い人生が自分の前に続いている、少なくともそう信じていたころのことを？

ばら色と金で統一された部屋に、二人は案内された。ジュディは胸がいっぱいになり、さっきまでの不安はどこかに消え去っていた。そばに来て、ビダスがそっとジュディを抱き寄せたとき、彼女はなんのためらいもなく、キスを受けるために顔を上げていた。愛し合い、婚約し、結婚する……どこにでもある型通りの過程を経て、二人が結ばれたかのように、とても自然に。

「怖くはないんだね、ジュディ？」ビダスはそう言いながら頭を振った。彼はジュディの落ち着きを感じ取っていて、そんな妻に、一種の戸惑いを覚えたようだった。

「怖くはないわ、ビダス」ジュディは自分の言葉を証明するかのように、もう一度キスをねだって顔を上げた。ビダスは優しくジュディの唇に触れる。荒々しい情熱的なキスではなく、プラトニックな、兄が妹にするようなキス――しかしそうではないことを、ジュディは知っている。ビダスは、性急な熱情を抑えているのだ――今のところは。

「ホテルで食事をしないで」シャワーを浴びて服を着替え、さっぱりした気分になったとき、ビダスが言った。「僕が知っているトルコ風レストランに行こう」

電話でタクシーを頼み、二人はほの暗い広場や通りを過ぎ、まばゆいばかりに明るく照明された町の中心街を横切って車を走らせた。ロドスの郊外にあるそのレストランは、料理とワインがおいしいことで有名だということだった。

「何にする？」隅の方の静かな席につき、ビダスがメニューを差し出す。ジュディは首を振り、ちょっと残念そうにほほ笑んだ。

「こういうお料理は初めてなの、あなたにお任せするわ」

ビダスは、色々な種類のサラダ、ローストミート、ヨーグルトを注文した。ワインはこの島の有名なロゼ、シュバリエ・ド・ロドスだった。

帰りは途中でタクシーを降り、玉砂利を敷きつめてある裏通りを散歩した。薄暗い街灯に照らされた小路は、年月を経たサンドストーンのへい越しに漂ってくる花の香りでむせかえるようだ。居酒屋風レストラン（タベルナ）から、静かで暖かい夜の外気に音楽（ブズーキ）が流れ、戸外のテーブルに座ってギリシアの地酒（ウーゾ）を飲み、サラダやチーズ、肉、たこなどのつまみ（メゼ）を食べながら、観光客が楽しそうに笑いさざめいていた。二人はある店の前で立ち止まり、串に刺されてぐるぐる回りながら、焼き肉（ケバブ）が料理されるところを見物した。すべてが目新しく刺激的で、ジュディは何度も満足そうにため息をもらし、ビダスのそばに寄り添いながら、今までこんなに幸せで楽しかったことはない、とささやいた。

「これからもっと幸せになれるんだ、ジュディ、お互いにもっとよく知り合えば」

ジュディは愛らしく頬を染め、ビダスはいっそうジュディを引き寄せた。ジュディの迷い込んだこの世界は、なんとすばらしい、めくるめくような世界だろう！　ビダスとの結婚を決意したとき、ジュディは、自分の意志より強い何かにつき動かされたのだった。意識はしていなかったが、彼に会った最初から、彼に引かれていたに違いない、とジュディは思う。それからすぐに、彼のすばらしい人間性に感化されていったのだ。そして、このような状況では当然ありそうなことだったが、彼女をとらえた感情は、終わりの近いこの男性への、深い同情だったのだろう。しかし、今感じているのは、憐れみのようなものではまったくない。ジュディはこの何時間かのうちに、幸せと、わくわくする期待に、胸が張り裂けそうになっていた。

期待……赤くなったジュディを面白がってビダスが笑う。期待……自分は本当に、ビダスとの愛の行為を待ち望んでいるのだろうか？

4

ビダスの腕の中でもぞもぞと体を動かし、ジュディは首をめぐらす。まだ眠っているビダスの表情はやすらぎに満ちていた。ジュディの胸は締めつけられるようだった。夫に対する自分の気持にはなんの偽りもない。思いがけずに与えられた、人生のこの貴重なひととき、その一瞬一瞬を大切に生きるしかないのだ。いつか、耐え難い心の痛みと、終わりのない深い悲嘆が、ジュディをさいなむときが来るだろう。でも、その前に精いっぱい生き、いつかはやって来る孤独な日々に力となる、貴重なときの流れがあるのだ。そう、思い出は残るだろう——ジュディは二人で幸せになろうと決意した。

「ジュディ……」ビダスは体を動かしたけれど、ただジュディの胸に寄り添っただけで、再び規則的な寝息をたて始めた。ジュディは夫の黒い髪を抱き、もう一度目を閉じる。召使いのセナゴスと、彼の妻、アンティゴネは、早起きだから、たぶんもう起きているだろう。でも、紺碧のエーゲ海を見渡せるこのベッドルームで主人夫婦が目を覚ますまでは、物音をたてないようにしているのだろう。ほかの窓からは、ずっと昔の噴火でできた黒々とした玄武岩の山々が、澄みきった青空にくっきりと浮かんで見える。明るいブルーのよろい戸のついた、広大な白い邸宅の庭には、きちんと刈り込まれた糸杉の、暗緑色をバックに、燃え立つように熱帯や亜熱帯の花々がおびただしく咲き乱れ、そのはるか向こうには、オリーブの古木といなごまめが、シルバーグレイの砂浜と、ライトグリーンの海の方へと続いていた。

ビダスが目を覚まし、ほっそりした妻の腰に手を回したとき、ジュディの顔にさっと笑顔が輝いた。

「僕のすてきな奥さん……僕たち、結婚してどれくらいになる？」

丘の中腹に遊ぶ山羊の鈴のような、優しくさわやかな笑いが、ジュディの口もとからこぼれる。

「丸一週間よ！　結婚にあきあきした年寄りのように感じているの？」

「そんなふうに感じるわけはないよ、こんなに若くて美しい妻といっしょなら。キスをして……」

ジュディは言われるままにキスをし——そして長いこと、二人は寄り添って横たわっていた。

「ジュディ」ビダスが洗面台の前でひげをそり、ジュディが泡立った浴槽につかって、二人いっしょにバスルームを使っているとき、彼が口をきった。「こんな奇跡が起こるなんて、僕にはとても信じられないんだ。君もそう思わない？」

真剣な調子で話す、夫の深く力強い声を心の中でかみしめながら、ジュディは長い間スポンジで肩をこすっていた。ジュディには、夫の言いたいことが痛いほどよくわかっていた。

「私たち、お互いに一目で恋をしてしまった――」ジュディの声もまた、彼と同じように深く、真剣だった。「ええ、これは本当に奇跡だわ。私、ずっと前からあなたを知っていたみたいに感じるの」

「それは僕も同じだ」優しいほほ笑みを口もとに浮かべ、いとおしそうにジュディを見下ろすビダスの手の中で、電気かみそりが空回りしている。「運命って不思議なものだね。君は休暇にコルフ島に行った。僕の甥がそのときおぼれかかって、君があの子を助けてくれた。でもあのときは、こんなふうになるなんて、想像もしなかったんだ」後ろめたさにさっと頬が赤くなったのに気づかれまいと、ジュディはうつむいた。それにしても、なぜこの罪悪感を抱き続けなければならないのだろう？　ハンナが与えられるよりずっと多くを、ジュディはビダスに与えることができるのに？　考えが浅く、我がままなハンナは、彼女にプロポーズをしたギリシアの男性について、こんなふうに言っていたのだ。

〝たとえうまくいかなくたってかまわないわ。こんなチャンスは二度とないもの、そうでしょ？　あれほどのお金持と結婚しないてはないわよ。もし別れることになっても、私は慰謝料を受け取れるし、彼は宝石や毛皮なんかも買ってくれるに決まっているから、それも私のものになるし……。こんなチャンスは絶対に逃せないわ〟

「ジュディ、君が僕を好きになったことに気づいたのは、いつ？」

もの思いに沈んでいたジュディは、ビダスの声にはっと我にかえった。

「はっきり言うのは難しいけれど、そうね、ほとんど会った瞬間からだと思うわ」

ビダスは少しも驚いた様子もなくうなずく。

「僕もそう感じたんだ。ちっともためらわなかった。僕たちがいっしょになれば幸せになれると、わかっていたから」彼もまた、奇跡としか言いようのない貴重な出会いを大切に思っているのだと、ジュディは感じた。ビダスは、現在の幸せ以外のことのためには、一瞬たりとも時間を無駄にはしなかった。ジュディが彼の病気について真実を知っていることに気づいたら、彼はどうするだろう？　でも、そんなことはあり得ないのだ。たとえどんな立場に立たされても、ジュディは言わないだろう。それを彼に告げるとき、そのときはすべての偽りが明るみに出るのだ。

彼自身の口から、そのことを聞かされるかもしれない。ジュディは身震いし、かすかに首を振る。どうか最後まで、彼が黙っていてくれますように！

「ビダス」ジュディは突然、明るい声で言った。「私、お風呂から出たいのだけれど」

「だれも止めてやしないよ」

ジュディは口をとがらせた。

「明日はほかのバスルームを使うことにするわ！」

「今日だってほかのを使うように言ったのに」ビダスは鏡をのぞき込みながらからかう。「でも君は、たった十五分でも僕から離れられないんだから」

「うぬぼれ屋さん！」ビダスはただ笑い、ジュディは長いまつげの下から彼を見上げた。「ほかのバスルームを使うようになんて言わなかったわ」

「言うわけはないさ」棚の上に電気かみそりを置いて、ビダスは振り返った。「こんな眺めを見逃すような男は、どこかおかしいんだ」

ジュディは赤くなって言い返す。

「あなたって、手に負えない人ね」

「そんなことはない。僕だって、たとえ十五分でも君と離れてはいられないんだ。さあ出ておいで」両手でタオルを広げ、彼は命令するように言う。

「体をふく間ここにいるなんて、紳士的じゃないわ」

「僕がふいてあげる。さあ、早く！　ギリシアでは夫の命令が第一だってこと、君にはまだわからないのかい？　妻は奴隷のように夫に従わなければいけないと、だれも君に教えてくれなかった？」

彼といっしょに笑いながら、ジュディは素直に夫の意見を認めた。「ええ、ギリシアでは夫の命令が絶対だということは人から聞いたわ。私もあなたの命令に従うべきね」彼はタオルでジュディを包み込んだ。彼が背中から前にタオルを回したとき、ジュディは彼の手のぬくもりを感じた。ゆっくりと体の向きを変え、ジュディは熱情にきらめく夫の瞳を見上げた。愛とあこがれに胸を詰まらせ、彼女はタオルの中から腕を出し、夫の首に巻きつけた。

「私の旦那さま、愛しているわ」

「ジュディ」愛情をこめたキスのあと、ビダスは言った。「こんなふうに僕を誘惑するつもりなら、僕たちはお昼しか食べられないことになるよ」ビダスは勢いよくジュディの体をふいて、タルカムパウダーを手渡し、バスルームから出て行った。

太陽をいっぱいに浴びた中庭で、二人は朝食をとった。格子垣や壁に這い上がるように、紫とオレンジのブーゲンビリアが咲いている。南側の景色を生い茂ったぶどうのつるがさえぎり、パティオの縁に沿って、様々な大きさと形をした茶色い陶の植木鉢が並べられ、その中には色とりどりの南国の花が咲き乱れてあたりに甘い香りを放っている。ギリシアの島の中でもとりわけ牧歌的なカリムノス島は、えも言われぬ美しさに満ち満ちていた。山、海、金色に輝くビーチ、さわやかに香る空気と澄みきったサファイア色の空。北の方には、海峡をへだてたすぐ先に、岩の島、レロスが見える。カリムノスと同じようにその島も、スポンジ採りの根拠地だった。

金歯を光らした愛想のいいアンティゴネは、グレープフルーツ、卵をのせたトースト、おいしそうな自家製マーマレード、こくのあるバターつきの香ばしい田舎風黒パンを運んで来てくれた。午前中は庭で日光浴をし、午後は海に行くことにしていたので、二人ともショートパンツとオープンネックのシャツを着、サンダルをはいている。ハンナほど泳ぎが得意でないジュディは、最初から気をつけていて、いつも波打ち際に残り、けだるくてあまり泳ぐ気がしないのだと説明していた。ビダスは笑い、ジュディをひやかしただけだったけれど、自分の泳ぎがそれほどうまくはないことを彼に悟られませんようにと、ジュディは心の中で祈っていた。

その日の午前中はすぐに過ぎ、二人はお昼に、肉料理とサラダ、アンティゴネがつくった、ご自慢のこってりしたペストリーを食べた。

「こんなにおいしいお料理は初めて」昼食のあと、庭でコーヒーを飲んでいるとき、ジュディは言った。「きっと太ってしまって、父が会いに来てもわからなくなるわ」

「太るにはまだ早すぎるよ」ビダスは妻の日焼けした足や腕、午後の高い太陽の光を受けて輝く、金色の髪に目をさまよわせた。とび色の混じったハニーゴールドの、たとえようもなく美しいジュディの髪は、こめかみのあたりで太陽にさらされて光り、繊細な顔立ちと、アーモンド型の深い瞳を、ことさら引き立てている。「ジュディ……今まで君ほど愛らしい女性に会ったことはない」

ジュディはかすかに顔を赤らめ、うつむいた。

「君をまごつかせてしまったかな？　でも、いまに慣れてしまって、何も感じなくなるよ」

「いいえ、決して。いつまでたってもどきどきしてしまうと思うわ」ジュディは、コーヒーカップの縁越しに自分を見つめているビダスに、いとおしむようなまなざしを向けた。「どうして慣れるなんてことがあるのかしら？　こんなにもあなたを愛しているのに？」

それには答えず、ビダスは考え込んだように黙り込んでいた。しばらくしてようやく口を開いたビダスは、感慨深げに言った。

「一週間……ぼくたちはまだ、結婚して一週間しかたっていないのに、こんなにも深く愛し合えるなんて。ジュディ、二週間前にはお互いに会ったこともなかったんだよ、信じられる？」

ジュディはうなずき、感動したようにきらめいている彼のまなざしを、その瞳で受けとめた。

「私たちが結婚しようと決めたとき、これが恋だとはまったく考えなかった、そうでしょう？」

「考えなかったと思う……でも、前にも言ったけれど、僕が受け取った手紙から察して、君がとても魅力的な女性だという印象は持っていたんだ」ジュディは下を向く。ハンナにとって、そういう印象を人に与えるのはお手のものなのだ。そして実際にビダスと会って結婚していたら、彼女は思い通りに彼を魅了していただろう。でも、うわべの魅力があせてきたら、ビダスは否応なく彼女の本心を見なければならなくなるのだ。そう考えたとき、ジュディはぞっとした。ビダスは、残された貴重な何カ月かを幸せに送りたいと願って結婚し、そして、その相手が、自分の想像していたような女性ではなかったことに気づく——彼にとって、これ以上残酷な仕打ちはないだろう。ジュディは彼に対する偽りに慣れてきてはいたけれど、それでも、今のように、自分のうそが改めて心によみがえってくることは避けられなかった。でも、ジュディは後悔はしていない。二人は愛し合っていたし、そうなる運命だったのだから。ビダスはそれを奇跡と呼び、彼の身に起こったこのすばらしい出来事をそう表現する彼の気持を、ジュディは理解できた。ビダスがジュディ・ランハム――本当はハンナ・スミス――に結婚を申し込んだとき、彼は彼らの間に友情が、そしてたぶん、ほんのわずかな愛が生まれることを望んでいたかもしれない。でも、ジュディとの間に芽生え、信じられないほど豊かに育った、これほど実り多い愛を期待してはいなかっただろう。

「あなたが私と結婚して失望しなかったこと、とても嬉しいの」ジュディは小さな声でつぶやき、それ以上ふさわしい言葉を思いつかない様子の妻を見て、ビダスは明るく笑った。そろそろビーチに行く時間で、彼はコーヒーを飲んでしまうようにジュディをうながした。

二人は手を取り合い、プライベートビーチにあるビダス所有の小屋の方に、淡い金色に輝く砂を踏んでゆっくりと歩いて行った。ジュディがまず着替えをし、次にビダスが着替えた。彼はなんという見事な体つきだろう！　小麦色に日焼けして生気にあふれ、命にかかわる病気にかかっているとはとても思えないほどすばらしく均整がとれ、健康そのものといった様子だった。

ビダスはジュディの手を取り、二人はいっしょに海の中に走って行った。

「あなたといると、まるで十六歳の少女になったみたい！」ビダスが手を放して元気よく泳ぎ始め、ジュディがいっしょに泳ぐものと思って振り返ったとき、彼女は息をきらしてそう言った。

「本当にそう見えるよ」二人の間が開き始め、ビダスは手を上げて叫んだ。「さあ、早く！　今日は君にのらくらさせておかないからね」

「お願い、私はこうしているのが好きなの」昼下がりの熱い太陽を浴び、ジュディは水の上にあおむけに浮いた。体の下で、波がかすかに揺れている。

やがて、二人はいっしょに海から上がり、砂浜に座って、ビダスが小屋から持って来た、びん入りのレモネードを飲んだ。

「ずいぶん日に焼けたね」ビダスは指の背でジュディの腕に触れ、そっと、撫でるように肩の方にすべらせた。「それに、とてもすべすべしている。ジュディ、こんなにすばらしい君が僕のものになるなんて、いったいどういうわけだろう？　どんな神の摂理が働いて、僕たちは結ばれたのだろう？　こういう愛は永遠に……」

ビダスはそこで言葉をとぎらせ、ジュディは秘密を知っていることを悟られないように、彼から目をそらした。永遠に……そう、この愛は、はかなく終わるには、あまりにもすばらしいものなのだと、彼は言いたかったのだろう。しかし彼がジュディを見つめたとき、遠からず、妻が悲嘆にくれて一人残されることを知っているにもかかわらず、そのまなざしに悲しみや後悔の表情はなかった。ビダスはジュディの手をしっかりと握り締める。そのときジュディは彼もまた、口には出せない悲哀に包まれていることを感じたのだった。自分がたった今の幸福以外、先のことは何も考えずに夫を幸せにしようと決意しているのと同じように、彼もそう心に決めているのだ。ジュディが一人になって孤独な道を歩むとき、心の支えになるような美しい思い出を持つことができるように、今、二人で幸せに過ごそうと決心しているに違いなかった。

そしてこの瞬間から、二人は心を暗くする言葉は一言も口にせず、愛にあふれた優しいまなざしを交わし、いたわり合い、お互いにすべてを与えつくしてその日を過ごすこと以外、何も考えなかった。

そのあと二週間、彼らはカリムノス島に滞在し、並木道を散歩したり、オリーブの木々に覆われた丘に登ったり、のんびりしたときの流れを楽しんだ。

泳ぎ、太陽を浴び、ホテルの居酒屋風レストラン(タベルナ)や、ときにはキャンドルをともした家のラウンジで食事をとった。そのラウンジは西に面していて、二人が食前酒を飲みながらベランダにくつろいでいるとき、斜めに差し込む夕日が、部屋に琥珀(こはく)色の輝きを添えるのだった。二人が家の中に入るころには、その琥珀色も深いブロンズに変わり、ほどなく、大きな火の玉が地の果てに沈んでゆく。

　夕食のあと、二人はよく、月に照らされた庭を散歩した。マリーゴールド、ばら、ゼラニウム、そして南国的なきょうちくとう、ポインセチア。皓々(こうこう)と輝く月明かりの下に、こういった花々がくっきりと浮かび上がっていた。ビダスのプライベートビーチに通じる小路の両側は、もみじの並木になっていて、左手、少し離れた所にある三軒のコテージと、ゆるやかな曲線を描いたカンドーニ海岸が、月の光を浴びてきらめくのが見えた。すべてがとても平和だった。世界にすばらしい景色の海辺があると、ほとんどが開発の波に洗われる運命を負い、人々が豪華なホテルと呼ぶ、白いコンクリートの塊になってしまうのだ。でも、ここからは自然のままの小高い丘がほの暗く浮かび、優しい緑に覆われた山ふところに抱かれて下の方に散在するビラが、見渡せるのだった。そのふもとには、海岸沿いに曲がりくねった道路が見え、丘の上に向かってくねくねと続いていた。道の両側に沿って並ぶ、背の高い椰子(やし)の葉と細い幹をそよ風が揺すり、遠くからでもそこに道路が続いていることがわかるのだった。

　出発の日、早い時間に、彼らは絵のように美しい港に着いた。ここでは毎春、スポンジ採りが北アフリカの沿岸に出て行くときに、おごそかな儀式が催される。北アフリカで彼らは五カ月ほど滞在し、生活の糧であるスポンジを採取するために、海洋棚に潜るのだ。

「ダーリン」海岸に面したタベルナの庭に出ているテーブルに座ったとき、ビダスが言った。「今日は君にたこを食べさせてあげよう」

ジュディは顔をしかめた。

「私にはとても食べられないわ、気持が悪くて」

「そんなことはない」ビダスは口をはさんだ。「君は食べたことがないからわからないんだ。一度食べたら、これから何度も注文したくなるよ」

「岩にたたきつけるなんてやり方、いやだわ」ジュディは文句を言いながら、うわの空でメニューを手にし、見慣れない文字を見つめた。「残酷よ」

「その前にもう死んでいるんだ」

「それにしても、ひどいやり方だと思うわ。泡のようなものを口から出すまでたたきつけて、岩にこすりつけるなんて」ジュディは身震いする。「そんなことしなくても……私にはとても食べられないわ」

ジュディは肉料理と野菜を頼んだ。でもビダスが一きれのたこをフォークに刺して差し出したので、仕方なく彼女は目をつぶって口をあけた。ビダスは笑った。

「おいしいわ」ジュディは意外そうにつぶやく。

「だから言っただろう?」ビダスは満足そうな声で言った。「きっと気に入ると思っていたよ」

彼らは地酒(ウーゾ)を飲み、地方色豊かな、香り高いジャムを味わった。そのあと、山羊の乳からつくったチーズと、皮の固い、田舎風黒パンで仕上げをした。

指をからませ、二人は波止場の方にゆっくりと歩いて行き、姉妹船のリンドス号とともに島の間を定期的に往復している、クノッソス号に乗船した。

「ハネムーンは終わったのね」船が港を離れるとき、手すりのそばに夫といっしょに立ち、ジュディは少し感傷的になって、遠ざかる岸辺と、黒いズボンに厚手のニットジャージーを着て岸壁に立っている男たちを眺めた。その男たちは、イースターが済んだ直後、スポンジ採りの船団が船出したあとに残された漁師たちだった。彼らは、危険の多いスポンジ採りにうんざりしたのか、あるいは、どこかしら体を悪くして、もうその仕事はできなくなった男たちかもしれない。

「終わってはいないさ、まだまだ続くんだ、僕たちが毎日をハネムーンと呼びたいと思う間はね」

ジュディはにっこりほほ笑む。

「島を離れることが、ちょっぴり寂しかっただけ」

ジュディは夢見るようなまなざしを島の方に戻した。

「とてもすばらしかったわ。私たちほどすてきなハネムーンを過ごした人はいないでしょうね」

「僕も心からそう思う」頭を下げ、彼は深い愛情をこめて、ジュディのこめかみに唇を押しつけた。

「どんな女性も、君がこの三週間僕を幸せにしてくれたほどには、男を幸せにできやしない」

「私たち、もっと島に居られたのでしょう？」

「もちろんだ。でも僕にはしなければならないことがたくさんあるんだ。最近、ほとんどの仕事を人に任せるようにしたけれど、それでもあるていどは自分でしなければならないから」

「あまり私を独りぼっちにしないでね？」彼と離れているなんて、ジュディには耐えられないことだった。かけがえのないもの、それは時間なのだ。

「そんなことはしないよ、君と離れるなんてこと、どうして僕にできるだろう？」

「私、今まで会社で働いていたのよ。あなたの仕事を手伝えるわ」

「君が？　僕と離れているよりそのほうがいいのかい、たとえ一日に二時間くらいでも？」

「もちろんよ」ジュディは少しもためらわずに答え、笑いながらつけ足した。「あなた、バスルームのことで私をからかったわね？　でも、あなたの言うとおりだったのよ。私はいつだってあなたのそばにいたいの。そうさせて、いいでしょう？」ジュディの笑いは消え、真剣な声になった。なぜなら、そのときふいに、彼の〝しなければならないこと〟というのが、本当は彼女のために何かをすることを意味しているのだと感じたのだ。彼が逝くとき、ジュディにどんな面倒も残したくないのだろう。

逝く！　突然、激しい苦悩がジュディの心を引き裂き、未来のことは考えまいという決意を思い出そうと必死に努力はしてみても、その場面を想像する自分をどうすることもできなかった。彼なしで、いったいどうやって生きていったらいいのだろう？

「私もいっしょに仕事をするわ」悲しみの涙で、景色がぼんやりとにじんで見える。「そうさせて」

ジュディの心の動揺を感じ取ったかのように、ビダスは妻のウエストに腕を回した。ジュディは島を指さして彼の注意をそらし、我ながら驚くほど元気な声で言った。

「ビダス、あそこに私たちがお昼を食べたお店が！　ずいぶん小さく見えるわね？　そしてあの丘も、もうあんなにぼんやりとしか見えないわ。きっといつか――」涙が引っ込むまで、彼が島の方に注意を向けていてくれるように願いながら、ジュディは続ける。「私たち、またいつかここに来られるかしら？　ね、また来ましょう、すぐに――」

「君がそうしたいのならもう一度来よう」でも彼は、ジュディが、まだコルフ島や彼のビラを見ていないけれど、きっとそこが気に入るに決まっていると、自信たっぷりに言った。そして、コルフではもっと雨が降り、カリムノスよりはるかに緑が多いのだと説明した。「コルフは緑の島なんだ。それにちょっとギリシア的じゃないところがある」

ジュディの目から涙が消え、落ち着きを取り戻すと、彼女は顔を上げた。

「ギリシア的じゃないってどういうこと？」ジュデ

ィはコルフがギリシアの島だということ、そしてどこにあるかということは知っていたけれど、それ以上のことは何も知らなかった。

「どちらかというと西洋の影響を受けているんだ。イタリア的、とでも言うかな」

「ああ、そういうこと。イタリアとギリシアの間にあるからなのね？」

「そう、気候もイタリアの南部とよく似ているし、冬は湿度が高いから、亜熱帯のジャングルが丘の斜面を覆っている」

ビダスの家は、コルフ島の北西、パレオカストリッツァ湾のかなり北方にある、静かで美しい村、ラコネスのすぐ近くにあった。ビダスの車が置いてあったコルフの町からドライブをして、二人が家に着いたのは、パレオカストリッツァ湾の後方に、太陽が沈もうとしているときだった。

すべてが目新しく、島の北部の大部分にわたって見られる、地殻の隆起でできた断層山塊の絶景に心を奪われ、ジュディは賛嘆の声をあげた。横穴と大きな洞窟、地下に流れ込んでいる川――そういった石灰岩地帯独特の景色は、特に峠にさしかかったとき、息をのむほどにすばらしかった。その峠で、ビダスはラコネス村に通じる道に曲がった。村をあとにしたとき、ちょうど沈みかかる太陽が、ビーチとなめらかな海を、燃えるような深紅に染めていた。

「ビダス！」しばらくの間車の中を支配していた快い沈黙を、ジュディが破る。「こんなにすばらしい島だってこと、あなたは教えてくれなかったわ！」

「きっと気に入るって言ったろう？」ビダスのビラが見える道路にカーブを切りながら、彼は言った。白壁にブルーのよろい戸が映えるそのビラは、海よりずっと上の高台にあり、家の後ろにはべつの海原――古代からのオリーブ畑の果てしない広がり――が、山腹を覆っていた。広い門に車を乗り入れたとき、再び感動したようにため息をもらした妻の顔を、ビダスは楽しそうにちらっと見やった。

「家に着いたよ」そして彼の膝の上にあるジュディの手の上に、小麦色に日焼けした、すんなりした手を重ねた。「君を家の中に抱いて行かないと」

　急に恥ずかしさにとらえられてジュディは車から降り、夫の浅黒い顔を見上げた。痩せてはいるけれど彼には強靱な力がみなぎっていた。その顔立ちからは、誠実さと威厳、そして、しっかりした顎の輪郭とメタリックグレイの瞳がいくらか硬い印象を添えてはいるものの、深い優しささえも感じ取ることができた。ジュディは今まで、彼の優しく穏やかな一面しか見ていなかったけれど、これだけが彼の性格だと信じ込んではいない。間違いなく、彼はほかの要素も持っているだろう。最初に会ったとき、彼が容赦ない厳しさを内に秘めているという感じを受けた。そして、今こうして彼を見上げながら、ジュディは改めて、夫がまったく違った一面を持っていることを感じていた。二人が結婚して以来夫が示してきた——もちろんこれからもそうだろうが——愛情あふれる思いやりと寛大さとは、まったく相反する一面を——。

　ビダスは本当にジュディを軽々と抱き上げると、家の方に大股で歩いて行った。玄関まで来ると、中からドアがさっとあき、ずんぐりした使用人がにっこりとして頭を下げた。

「お帰りなさいませ、ビダスさま！　そして、ようこそ、若奥さま。きっとコルフが気に入られることでしょう」彼は両手を上に上げて見せた。「この島は太陽も、それに雨も多いんです。湿気を運んでくる雨のおかげで、放っておいても果物が育ちます」

「スピロス」話を続けようとする彼の言葉を、ビダスがさえぎる。「その話はまたほかのときに。僕たちは疲れているし、お腹もすいているんだ」妻を床に下ろし、でも手は握ったまま、彼は言った。「レダは僕たちの食事の用意をしているだろうね？」

「彼女はイギリス風の料理をしていました、ビダスさま、お言いつけどおりに。ああ、来ましたよ」

小柄で丈夫そうな女性が、長いカーペットが敷いてあるホールの向こうからやって来た。彼女はにこにこしながら、ビダスとジュディがからみあわせている手の上に、ちらっと視線を走らせた。柔和な表情で、あまりうまいとはいえない英語で話したけれど、心がこもっていることはすぐにわかる。

「コルフ島にようこそ、テロン夫人。お二人が幸せになられますように」

「ありがとう、レダ」ジュディとビダスはほとんど同時にそう言った。ビダスのほうは、レダの夫、スピロスの命令で前もって暗記したらしい、たどたどしいあいさつを面白がっているようだった。そのあとレダはギリシア語でビダスと何か話し、ビダスはうなずいて、二言三言口をはさんだ。彼は妻の方に向き直り、楽しそうに瞳をきらめかせる。

「レダと彼女の親戚のご婦人たちが、僕たちのベッドを飾りたいそうだ。君がイギリス人だというので、スピロスは断固として反対しているらしいが。でも今、僕たちは結婚したばかりってわけじゃないから、飾りつけは必要ないと説明したんだ」

「ということは、飾りつけは初夜だけのため？」

「そうなんだ。村では花嫁の女友だちが飾りつけをして、花嫁の父親が夫婦の寝室に運ぶしきたりになっている」

「まあ、なんてすてきな風習でしょう！」ジュディはレダに向かって話しかけたが、すぐに、このギリシア人の女性は英語がわからないことを思い出した。ジュディの言葉をスピロスがギリシア語に訳すと、レダは白い歯を見せて笑った。

「まだちょっと心配だって言っています」スピロス

は、妻がギリシア語で何やらつぶやいたとき、ジュディに言った。「私の妻は、ペロポネソスにある、昔ながらの小さな村の出なんです。そこではベッドにリボンで縫いとりをしたり、そのほかの飾りつけをしないと、不幸が来ると信じています。花嫁に不吉なことが起こると――」

「スピロス！」ジュディが戸惑うほど厳しい声でビダスがさえぎった。「荷物を二階に。それから夕食の支度だ」

5

アルバニアの山々がクビア湾の向こうに見え、コルフ島との間をへだてている海の上に、ブルーグレイの霞がたれこめている。ジュディとビダスは島をドライブし、カステロホテルでお茶を飲んだ。そのホテルは美しい森林公園の中にあって、ビダスの話では、つぐみとうぐいす（ナイチンゲール）があまりひっきりなしに鳴くので、泊まり客たちがよくこのホテルから逃げ出すということだった。

「ホテルから出て行くですって？　鳥がさえずるから？」ジュディは目を丸くした。「どうしてかしら？　私は鳥が大好き。朝早くドアをあけて、鳥のさえずりをよく聴いたものだわ」

「僕も鳥が好きだ――」ビダスの声はそこでとぎれ、その魅力的なメタリックグレイの瞳は、何か心の苦しみをのぞかせるように暗くかげった。ジュディは胸を詰まらせる。妻を心から愛する夫とともに、無上の幸せに包まれていた三カ月……それはまたたく間に過ぎてしまった。残された三カ月も、同じように素早く過ぎ去るのだろう……そして……。

二人が座っているテラスは海に面していた。信じられないほどに青いその海は、池のように静かで、太陽の光を反射してちらちらときらめいている。サファイア色の空を背景にして、背の高い椰子(やし)の木がそよ風にたわむれ、ホテルの庭には、亜熱帯の花が手入れの行き届いた芝生のまわりを囲むように咲き乱れていた。一時期、個人の宮殿だったこのホテルは、黒っぽい高級な材木が使われ、堂々とした様式で建てられていた。ぜいたくなカーペットが敷きつめられ、この建物の前の持ち主のトロフィーが壁を飾っている。

「こんなお城に住むなんて、すばらしいでしょうね」ジュディは豪壮な建物を見回して言った。

「こんな宮殿に住みたい？」

ジュディはすぐに首を振る。

「私たちの邸宅(ビラ)ほどすばらしい家はないわ。私にとってあのビラは天国なの」

「天国か、確かに君が来てからは天国のようだ。君が運んできてくれたものはいったいなんだったのだろう？」

「あなたへの愛だけ」

「そう、愛だけ……それもあふれるほどの」ウェイトレスが注文をとりに来たので、ビダスは目を上げる。「紅茶とケーキを」

二人はケーキを食べ、お茶を飲みながら楽しくおしゃべりをした。そしてときたま口をつぐんで、髪を染め、うんざりしたような表情のギリシア人女性に引率されてホテルにやって来た、年配の旅行者グループを観察した。そのグループは、お茶が出されるのを待つ間、ガイドが島の歴史について簡単な説明をするのに耳を傾けていた。

「あの人たちが乗って来たクルーズ船、あなたの会社の船なの？」

「いや、うちの船も今日寄港したが、十時前だった。午後の三時には出航したはずだ」

「自分の船がどこにいるか、いつも頭に入っているの？」

「そういうわけでもない。以前はそうだったが、今は船の数が多すぎて、とても無理だ」妻がびっくりしたのを見て面白がりながら、彼はそのうちの何艘かは小さな貨物船なのだと言い添えた。

「いつか、二人でクルーズに行きましょう！」

「行きたい？」ジュディはすぐさまうなずく。「それならもちろん、君の好きなようにしよう」

「あなたはクルーズが好き？」

「君といっしょなら」彼は静かに言った。

ジュディは笑い、それでもまだ心配そうに念を押した。

「本当？　私だけのためなら行きたくないわ」

「本当さ、僕だって楽しくないわけはないだろう？」

さっき二人が散歩した狭い通りを抜けて美しいコルフの町をあとにし、彼らは車で家路についた。つやつや光る果物を満載した行商人の手押し車が、カラフルな天幕の下に並んでいる。いくつもの広場、庭園、森、大きな港、アーケードになって続く美しい歩道。そしてはるか遠くに、複雑に入り組んだ山の姿が、鮮やかなイオニアの青空に映えている。

村を車で通り過ぎるとき、二人は、仕事着を着たコルフ島の女性たちに出会った。彼女たちは、果物や野菜から、殺したばかりの子羊まで、あらゆるものを運んでいた。女性たちは車に乗っている二人に手を振り、軽くあいさつを返すと、みんなで華やかに笑いさざめいた。

「この島の人たちって、私、大好き」

ビダスはちらっと、からかうようにジュディを見た。

「みんな？」

ジュディは笑う。

「ええ、みんなよ」

「そうか……」

「でも、中でも特別に好きな人が一人」

ビダスは片手でぎゅっとジュディの手を握った。

二人がビラに着いたとき、太陽が沈むところで、すべての景色は変容し、まるで魔法の手によって、太陽の熱と色彩が奪い去られたかのように、涼しく、ほの暗くなっていた。灰色の影が山頂に、そしてすぐ下方の山肌に伸びてゆき、それから茂みの向こうの谷間を覆っていった。水平線のかなたに沈んでゆく夕日の最後の輝きが、平和なイオニア海を琥珀色とばら色に、それからブロンズ色にと、少しずつ染め変えてゆく。

家の前で車を止め、降りる前に、ビダスはシートの上で体をよじり、妻にキスをした。このキスはもう習慣のようになっていて、ジュディは震えるような気持で彼の唇を待ち受けた。

この上なく幸せな一日を過ごしたあと、ライラックと白で統一された美しいベッドルームに、二人はいた。部屋は涼しく、レダが広い窓辺に飾っておいてくれた花びんの花が香りを放ち、白いレースのカーテンが西からの微風を受け、部屋の中にふんわりと揺れている。ビダスは後ろ手にドアを閉め、しばらくの間ドアを背にして立っていた。彼はいとおしそうに――うっとりするほど優しく――ほっそりしたジュディの体を見回した。ビダスはほほ笑んで両手を広げ、ジュディはその腕の中に飛び込み、顔を上げてキスを誘う。長いこと二人は黙ったまま、お互いのぬくもりを感じて寄り添い、歓喜にひたされて立ちつくしていた。

幾度、ジュディは未来のことを心から締め出そうと心に誓っただろう？　でも、再びその思いがよみがえり、ジュディの心は暗く沈んでゆくのだった。この無上の平安を破って、ジュディは彼から身を離し、体を震わせた。この先果てしなく続く未来を、どうやって生きていったらいいのだろう？　夫のいない人生、それは永遠に続く拷問の日々に違いない。

「ジュディ……？」夫は不審そうに彼女を見つめ、ジュディは謝るように彼を見上げると、もう一度ぴったりと彼に体をすり寄せた。

「なんでもないの、ダーリン。もう一度抱いて」

ビダスは優しく彼女を抱き締める。今のは悲しみのため息かしら？　彼が震えるようなため息をついたのを体に感じたとき、ジュディは考えた。今、この瞬間に顔を上げたとしたら、深いメタリックグレイの瞳に何が見えるだろう？　しかしそうはしなかった。ジュディは夫の表情から何も読み取りたくはない。夫もまた、妻にそれを見せたくないのだ。

「ジュディ」ビダスはようやく口を開いた。「そろそろ夕食のために着替えないと」

いつものように二人は、ベッドルームについている広いバスルームをいっしょに使った。

夕食の前、二人は毎晩そうするように、中庭（パティオ）に出て座り、ビダスが飲みものをつくった。指をからませ、低い声で話し、それぞれに、貴重な時間を一瞬たりとも逃したくないといったふうだった。レダが夕食の支度ができたと告げ、二人はダマスク風家具と、ばらの形をしたウォールライトのある、広いダイニングルームで食事をした。

夕食が済むと、二人は庭を散歩し、それから小路に出た。それはいつもの習慣になっていて、短い散策をすることもあれば、二、三キロ歩くようなこともあった。そんなとき彼らは、ふくろうの鳴き声や、アンゲロ山頂の峡谷から流れてくる小川のせせらぎに耳を傾けるために立ち止まった。それから再び、今来た道をゆっくりと引き返し、亜熱帯の美しい庭の真ん中に白く浮き立つビラに帰って行くのだった。

このようにして、甘くけだるい日々が続き、いつかビダスが言ったように、彼らが毎日をハネムーンと呼びたいと願う限り、それは二人にとってハネムーンに違いなかった。

一週間に一回か二回、ビダスは二時間ほど仕事をするために書斎に入り、ときどきジュディも手伝った。でも、彼が一人にしてほしいと言うこともあって、そんなときジュディは、彼が個人的に片づけたいことがあるのだと察し、彼を一人にするのだった。

町に出掛けてカステロホテルでお茶を飲んだ日から一週間後、ジュディが父に手紙を書いていると、仕事をしていたビダスが思ったより早く書斎から出て来た。ジュディはパティオの小さなテーブルの前に座っていて、ビダスは肩越しにのぞき込んだ。ジュディはびくっとして、結婚のすばらしさと、ビダスとの間に奇跡のように生まれた愛について、自分の思いをつづっていた便せんを慌てて折りたたんだ。

「夫にも見せられない?」ビダスは眉を上げたけれど、そのまなざしは優しかった。

ジュディは、自分の慌てた態度にビダスが疑いを抱くのではないかと恐れて身震いし、無理に笑ってみせる。でも、心配する必要はなかった。夫はただからかっているだけで、無条件に妻を信頼していたから。

「あなたといっしょにいるときは、手紙を書いて時間を無駄にしたくないわ。お仕事は済んだの?」

「集中できないんだ」ゆううつそうに彼は言った。

「だから、僕の奥さんの顔を見ようと思ってね。仕事はあと回しにできるから」

　夫の言葉に、ジュディがほんのりと頬を染めたのに気づいて、ビダスは優しいほほ笑みを浮かべた。

「まだ僕の言葉に慣れていないの？」ビダスの声には面白がっているような響きが感じられる。「なんてすてきなんだ、君は」ビダスはジュディに近づき髪の上にキスをした。「手紙で思い出したけれど、君のお父さんからの手紙、受け取った？」

「ええ、ありがとう、ビダス。でも、あなたにも見せたでしょう？」ジュディはかすかに当惑して彼を見上げる――テーブルの上にあった手紙を取ったとき、ビダスもホールにいたはずなのに。それは、二人がパレオカストリッツァのビーチに泳ぎに出掛けていた間に届いていたのだ。

「あの手紙じゃなくて、今日もう一通来ていたやつだよ。見ていないのなら今取って来てあげよう」そう言いながらビダスは家の中に入り、ジュディは書きかけの手紙を急いでポケットの中にすべり込ませた。危ういところだった。ジュディの唇から安堵のため息がもれる。夫が書きかけの手紙を見せてほしいと頼んだとしたら？　彼がジュディの筆跡を見たとしたら？

　ビダスが手紙を持って来てくれたので、ジュディは椅子から立ち上がった。

「ありがとう、あなた」ビダスが椅子に座ってくつろぎ、自分をじっと見つめているのを意識しながら、ジュディは封を切った。

　父からの手紙は受け取ったばかりだった。どうしてこんなにも早くまた手紙を書く気になったのだろう？　封筒から便せんを取り出しながら、ジュディは不審に思った。読みながら、ジュディは眉をひそめ、ビダスは何かあったのかと妻に尋ねた。

「読んでみて、ビダス」ジュディはすぐに、その手紙を夫に渡した。何かの折にビダスが読むかもしれないし、夫が望めばもちろんいつでも見せられるように、前から、父とジュディとの間で、ビダスに知られてはならないことは一切手紙には書かないという約束が交わされていた。

「休暇にこの島に来たいと書いてある」ビダスは読みながらかすかにうなずき、尋ねるようにちらっと妻の方に目を上げた。

「君が眉をひそめるようなこと、ここには何も書いてないと思うけれど?」

「どうしてこんなに早く来られるようになったのか、不思議なの。まだ往復の旅費が準備できたとは思えないわ」

「でも、きっとここに来るお金があるんだろう」ビダスは当然のことのように言い、ジュディはあいまいにうなずいた。そして、この裕福な夫にそんなことを言うのは気がひけたけれど、それでもジュディは、父が先に旅行に出掛け、あとで支払うという方法をとったのかもしれないと彼に話した。

「でも、それは父らしくないやり方だわ」ジュディは続ける。「父は、たとえどんなに必要でも、お金を借りるのを嫌っているのに。それに、この旅行はどうしても必要というほどのものでもないし――」

「そうだとしたら、きっと君に会いたい特別な理由があるのだろう」ビダスはそう言い、手にした手紙にもう一度目を通した。「おまえに会わなければならない……」ビダスは妻を見る。「この言葉に、何かそれ以上の意味があるんじゃないかな?」ビダスもまた眉をひそめ、ジュディは、夫がこんなに心配してくれることを心から感謝した。

考え込んだような様子で頭を振りながら、ジュディは夫のそばに行き、肩越しに手紙をのぞき込んだ。

「おまえに会わなければならない……」ジュディはつぶやき、突然、不安にかられた。「何か急を要することでもあるのだわ――」ジュディは息をのむ。「ビダス、父は前よりももっと不幸になったのかしら？　父とアリスの間に何かあったのだと思う？」

「わからないが、とにかくお父さんが着くまで待とう。今から心配しても始まらないよ」

父は次の金曜に到着した。ビダスとジュディは空港まで車で迎えに行った。父の憔悴した表情を見たとき、ジュディはすぐに何があったのかと尋ねようとした。でも彼女が口を開く前に、父はビダスに気づかれないようにかすかに首を振り、あとで話すというように合図を送ってきた。ビラに向かう車の中で、ビダスが親しみをこめて父に話しかけている間、ジュディは後ろの座席に座り、父と同じように、自分も憔悴して見えるのではないかと気になっていた。そして家に着いてみんなが車から降りたとき、ジュディはにこやかに振舞うために、必死で努力をしなければならなかった。

ビルは一瞬目を見張り、それからビダスの方を向いた。

「何もかも、とても美しい……」しかし突然、父は言葉を詰まらせ、青ざめた。ジュディとビダスはお互いの目を見交わした。

「お父さんを部屋にお連れして、ジュディ。僕はテラスで待っているから」

「お父さま」父のために用意したベッドルームに入るや否や、ジュディは尋ねた。「いったい何があったの？　もちろんアリスのことね？　でも彼女がどうしたと――」父が首を横に振るのを見て、ジュディは途方に暮れたように口をつぐんだ。「そうじゃないの？」

ビルは喉にこみあげてくる塊をのみ下そうと努力しているようだった。果てしなく感じられるほど長い間、沈黙が部屋を支配していた。

「アリスのことじゃないんだ」父はようやくそう言った。「ジュディ、落ち着いて聞くんだよ」

「お父さま、早く話して！」

「ハンナが――」父はゆっくり話し出し、その表情はいつになく苦しそうだった。「家に帰って来る」

「家に？」一瞬、父の言っている言葉の重大さをのみ込むことができずに、ジュディはただ戸惑っていた。「なぜハンナが家に？ 病気なの？」

「ジュディ」今の言葉に、娘が激しい衝撃を受けたことを察して、ビルはちょっとの間口をつぐみ、それから続けた。「ハンナは、ビダスと結婚するために帰って来るんだ」

ジュディはさっと青ざめ、頬に手を当てた。部屋を満たす沈黙は、静寂などという言葉では言いつくせないほどの、たとえようのない静けさだった。それは恐怖――怪物のようにジュディをとらえ、何一つまともに考えられなくなるほど頭を混乱させる、正に恐怖の沈黙だった。父の言っていることが、自分と夫の二人にとって、どういう意味を持つのか考えようと、ジュディは空しく努力した。このことを知ったら夫がどれほど苦しむか、想像もつかなかった。

ジュディは父を見つめた。彼は苦しみに青ざめてそこに立ち、体中が汗ばんでいることが一目でわかるほどに玉の汗を浮かべた娘の額を、じっと見ている。ジュディは心の中で、繰り返しこう言っていた。

〝彼は私を愛している。たとえ私を責め、軽蔑し、放り出したとしても、決して私を憎むことはないだろう……〟ジュディはしっかりと目を閉じた。ジュディの惨めさは夫の惨めさでもあるに違いない。なぜなら、夫の愛はそんなにも深いものだったから。ビダスはそれを、永遠につきることのない愛だと言っていた。そしてそれは真実なのだ。

父が何か話している――集中しなければ、すべてている。「ハンナの手紙を読んでいるアリスの表情を見て、何かがあったと感じたんだ。でも、私たちは前の晩に不愉快な口論をしてしまったので、何が書いてあるのかきくわけにはいかなかった。どっちみち——」父にしては珍しいほどの辛辣な調子で言った。「アリスは、自慢の娘の信用を落とすようなことは何一つ言うわけはないが」ジュディが何か言おうとして口を開きかけたので、父は口をつぐんだ。父はめったにこういう言い方はしないのだが——でもジュディは、父の説明するままに、黙って聞くほうが良いのだと思い直した。

「もう一通の手紙が来て、アリスはそれを最後まで読み終わらないうちに朝食の席から立って部屋から出て行ってしまった。この手紙を読まなければならないと私は思ったんだ。何かぴんとくるものがあって、成り行きを知っておいたほうがいいと感じた。

で、アリスが姉さんの家に出掛けたとき、いつも手紙なんかを入れている、彼女のベッドルームの引き出しをあけてみた」

父は、自分とアリスの関係がどんなに冷えきっているかを娘に知らせてしまったことに気づいて、途中で言葉を切った。ジュディが家にいるころ、ビルとアリスはいっしょのベッドルームを使っていたのだから。でも、ジュディの耳には入らなかったようだったので、ビルは続けた。「最初のはちょっと長い手紙で、プロデューサーや俳優たちに対する不満が長々と書いてあった。ハンナはみんなとうまくやっていけないと書いていたが、どんなにほかの人を非難しても、ハンナ自身がまわりの人たちをかき回していることは、手紙を読めば察しがついた。プロデューサーが、今までの仕事では決してなかったようなトラブルを引き起こすのはハンナだと、そして彼女が傲慢すぎると文句をつけたらしい。そのプロデューサーは、べつにハンナじゃなくてもかまわないのだと言ったので、彼女は腹を立てて、それなら引きあげると脅したというのだ。その手紙を読んだとき、ハンナが映画の仕事に幻滅して、きっと投げ出してしまうだろうという印象を受けた」

「二通目の手紙は？」まだ血の気の失せた唇で、ジュディはきいていた。それがどんなに余計なことか、自分で気づく余裕もない。

「映画会社をやめて、ビダスと結婚するために家に帰ると書いてあった。プロデューサーは、契約違反で訴えると脅したらしいが、ハンナは譲らず、億万長者の夫が違約金を払うと断言したんだ。いやはやたいした自信だ」話しているビルの額は、ジュディと同じように汗で濡れていた。「ビダスが自分を待っているだろうということに、ハンナは自信を持っているようだ」

「そうでしょうね。ハンナは何も知らないんですもの、そうでしょう？　あのとき、それが急を要することだとは、考えもしなかったのだから――」涙声になり、ジュディは言葉をとぎらせた。どうしてそう思うのか自分でもわからなかったが、ジュディには、このような顛末が、夫の死期を早めることになるような気がした。

「ハンナはその手紙の中で、出発の支度に少し時間がかかるので、イギリスに着くまでに三週間か四週間はかかると言っていた。それから、結婚するまでの間、しばらくは私のコテージに滞在するつもりだそうだ。それに、ビダスがいずれイギリスに住むことになるとか……」ビルは表情を硬くする。「ハンナは、自分の母親のために、ちゃんとした家をビダスに買わせて、貧乏な亭主と別れられるようにすると約束していた。どだい、貧乏人と結婚したのがばかだったのだとね」

空を見つめ、ジュディは自分がこの最後の言葉をもっと注意して聞き、ハンナへの義憤をぶちまけて父に同情すべきだと、ぼんやり感じていた。でも、ジュディは自分の苦しい立場にあまりにもとらわれていたので、父のほうの問題は取るに足りないことのように思われたのだった。

恐れは今、絶望に取って代わった。ほかのだれでもなく、ジュディ自身が自分の夫を傷つけることになろうとは――我が命より夫を愛している自分が。そして彼の亡きあと、生きる価値さえ失ってしまうであろう自分が！ ビダスは私を尊敬してくれている。ビダスの言葉から、彼が絶対的に私を信頼し、あらゆる面で私の美点を認め、悪いことなど決してできはしないと確信していることはよくわかっている。二人の間にある愛について話すときはいつも、彼はそれを奇跡になぞらえていたではないか？ そして、ああ、彼は幾度、私を妻とした日を祝福すると繰り返し言ったことだろう！ 彼の苦しみは、自分の苦しみなどよりはるかに耐え難いに違いない。偽りを知ったときの夫のひどい幻滅をようやく心に思い描けるようになったとき、ジュディの瞳に涙が浮かんできた。そう、確かに、ビダスはジュディよりもずっと苦しむだろう。ジュディは今までどおり、高い理想を抱き続けていられるのに、ビダスの理想は地に落ち、粉々に砕け散るのだから。

「お父さま」ジュディは激しい苦悶に泣いていた。「どうしたらいいのかしら？ ビダスにはあと三カ月も残されていないのよ。それに私を愛してくれている――」

「わかっているよ、おまえの手紙にはそのことばかり書いてあったからね」

ジュディは黙って考えようとした。夫を守るなんらかの方法があるはずだ。色々な思いが頭に浮かんでは消え、そういったことを冷静に思いめぐらすには、ジュディの頭はあまりにも混乱していた。

「どうしてここに来られたの？」あれこれと思い悩みながら、ジュディはとりとめのない質問をしている自分に気づく。「アリスになんと説明したかという意味だけれど」

「このところ体の調子が悪いので、会社の医者に診てもらったら、休暇をとるようにアドバイスされたと言っておいた。で、もちろん私は、イギリス北部にいるおまえに会いに行くと言った。アリスは文句を言わなかったよ。私が一週間留守にするのを、むしろ喜んでいるのだろう」ジュディは手の甲で涙をぬぐい、父はそれを見て顔を曇らせた。「ジュディ、おまえはビダスに会わなかったほうが幸せになれたろう」

「いいえ」ジュディは静かに口をはさむ。「そんなことないわ。結局、そうなる運命だったのよ。ビダスに会わなければよかったなどと、決して思いはしないでしょう。すばらしい思い出がたくさんありすぎて……」

「すばらしい……確かに今まではそうだっただろうが」

ジュディは喉にこみあげてくる塊をのみ込んだ。

「なんとかしなければ」恐ろしいほど心臓が高鳴り、ジュディは胸にこぶしを押しつけて泣いていた。

「彼を傷つけることはできないわ、絶対に！」

「もしおまえが、ビダスの手に渡る前に、ハンナの手紙を手に入れることができれば……」言い終えないうちに、ビルは頭を振っていた。「いや、それは無理だ」

「手紙を？」ジュディは恐怖にとらえられ、度を失った。「できないわ。そんなことはできやしないわ」

「じゃ、おまえにはどうすることもできないよ、ジュディ。手紙の中でハンナは、家に着きしだい、すぐにビダスに手紙を書くと言っていたから」父は黙ったまま、長いこと、厳しい表情で娘を見つめていた。「おまえがこの状態を続けるつもりなら、良心の呵責に責めたてられるのはどうにも避けられないことなんだ」ジュディが思いつめたように口をつぐんでいるので、父は続けた。「おまえが、ハンナには及ばないほどの幸せをビダスに与えたのは認める……そしてもし、彼に残された何週間か、耐え難い苦しみから彼を守りたいと思うのなら、私の考えでは、その偽りは正当化されてしかるべきだ」

「できないわ」ジュディはもう一度繰り返したけれど、その声にはさっきほどの強い調子はなかった。

もしかしたら……？

「もしハンナの手紙に返事が来なかったら、彼女はそれ以上書こうとはしないだろう」

「いいえ、彼女は書くわ、必ず」

「じゃ、ハンナが二通目の手紙を出すと仮定しよう。もしそれにも返事が来なかったら、当然、ハンナにもビダスの気が変わったことがわかるだろう。そして、それを認めないわけにはいかなくなるはずだ」

ジュディは取り乱したように頭を振る。ハンナはそう簡単にあきらめはしないだろう。

「ビダスに会いに来ようと決心すると思うわ」ジュディはろうばいした。ハンナがここに来る？　そしてジュディは、愛し、尊敬する夫の前で、裏切りを告発されるのだ。絶望に打ちのめされ、心臓が胸苦しいほどに騒ぐのを意識しながら、ジュディは無意識のうちに、自分のスカートをしっかりと握り締めていた。「こうなる可能性について少しも考えなかったなんて、まったくばかだったわ。ハンナが帰って来るってこと、一度だって思い浮かばなかったんですもの」

「私もだ。ハンナはあの映画で、スターになることにあんなにも執着していたから。まったく理解に苦しむよ。アリスに対する態度一つとってもそうだ。母親にべったりかと思うと、次の瞬間、母親が死のうが生きようが関係ないというように見える」

ジュディは、本題からそれた父の話に眉をひそめたけれど、すぐに、謝るような視線を父に向けた。

「頭がおかしくなりそう」どうしてこんなことになってしまったのか、混乱した頭で思いめぐらしながら、ジュディはドレスのしわを伸ばそうとしていた。

「どうしたらいいのかしら？」唇はわなわなと震えている。「もうどうにもならないわ。すべてを打ち明けるべきかしら、お父さま？　彼、理解して、許してくれると思う？」

反対するというよりも自信のない様子で、父は頭を振った。

「私に何が言える？　彼は許すかもしれない。でも、そんな告白を聞かされたあとも、前と同じにしていられると思うかね？」

「いいえ」苦しい沈黙のあと、ジュディはつぶやいた。「いいえ、前と同じにはなりっこないわ、そうでしょう？　ビダスは、完璧で理想的な女性として私を信じてくれているのよ。私がこんな裏切り行為をしているとは、夢にも思っていないわ」

「もう、さっき言ったようにするしかない、ジュディ。ハンナの手紙が彼に届かないようにするしか」

「たとえそうしても、ハンナはビダスに会いに来るわ。彼女は自分の仕事をあきらめたのよ」

「そう簡単にチャンスを逃すわけはないと思うんだね？　いくらビダスが返事をよこさなくても、直接押しかけて来ると？」

「ビダスは手紙に返事を書かないような人じゃないわ。ハンナもそのことを知っているでしょう。おぼれかかった甥を助けてくれたことで、ハンナに心から感謝していると書いているし、その感謝のためにプロポーズをするのだと、ハンナにそう言ったのよ、最初にすべてをお話ししたから、お父さまもわかって下さると思うけれど。いいえ、返事が来なくても、ハンナがそのまま引き下がるとは思えないわ」ジュディは父を見る。「お金にしか興味はないのだと、ハンナは言っていたし、ビダスが返事を出さなかったら、きっとひどく腹を立てるでしょう。そして、どうして返事をくれないのか、必死になって探ろうとするでしょうね」

「おまえの言うとおりかもしれない」少し考え込んでから、ビルが言った。「気が変わったという返事を、ビダスが出すのならべつだが——」深いため息をついてジュディがさっと顔を上げたとき、父は口をつぐんだ。「悪かった。つい頭に浮かんだことを口にしてしまって」自分の軽率さに当惑して謝り、父は腕時計をちらっと見やった。それを見て、ジュディはもの思いから目覚め、我にかえった。

「階下に行かなくちゃ。なぜこんなに時間がかかるのか、きっとビダスは心配しているでしょう」そして鏡に映る自分の顔を見て、「泣いていたことがわかってしまうわ。彼にどう言ったらいいかしら?」

ジュディはうろたえて言った。

「私とアリスのこと、ビダスは知っているね?」

「ええ、話したわ。いけなかったかしら?」

「いいんだよ、ジュディ。言い訳としてちょうどいい。私がどんなに不幸かということを聞かされて、おまえが私に同情した——そして少々涙を流したと言えばいい」

6

ジュディの姿を見ると、ビダスは立ち上がり、彼女のために椅子を引いた。

「遅かったね」ビダスはじっと妻を見つめる。「泣いていたんだね、どうしたの？」彼は心配そうにきいた。「お父さんに何かあったのかい？」

ジュディは唇をかんだ。彼をあざむき続けるのは、なんと難しいことだろう！　でも、ほかにどうしたらいいのだ？　父が本当に義母とうまくいっていないのだから、まったくのでたらめを言うわけではないと自分に言い聞かせても、それはなんの気休めにもならなかった。長いこと口をつぐんでいるジュディを、ビダスはうながすように見つめ、ジュディはとうとう話し始めた。でも、その声はとぎれがちで、ビダスはそんな妻の態度をいぶかっているようだった。それでもビダスはありありと心配そうな表情を浮かべてビルに同情し、ジュディはそれ以上涙をこらえきれなくなって、夫の胸に顔を埋めて泣いた。ビダスは妻を守るように優しく抱き、子どもをあやすようなその声は、悲しんでいる妻を気遣ってかすれていた。二人がこんな気分になったのは初めてのことだ、とジュディは思う。目の前を暗い雲が覆っているにもかかわらず、今まで二人とも幸せで満ち足りていたのに。しばらく、ビダスはどうやって妻を慰めたらいいのか戸惑っているようだったけれど、ようやく少し体を離し、ジュディの涙をふいてくれた。

「ジュディ、僕たちにたいしたことはできないが、少なくともお父さんがここにいる間は、楽しんでもらえるようにしよう。君が行きたいと言っていたクルーズに出掛けるっていうのはどう？　長い航海は無理としても、ピレエフスで船に乗って、一つか二つの島を回ることはできるよ。そして飛行機で戻って来れば、二、三日はまたここで過ごせる」

「あなたはとても優しくて、すばらしい方だわ。ビダス、心から愛しているの、それだけは信じてね、たとえ何があろうと！」

「ジュディ……」体を離し、ビダスは妻の顔をまじまじと見つめた。「おかしなことを言うんだね。今まで一度だって君の愛を疑ったことはないよ」ジュディはかすかに頭を振り、気持が高ぶっていて、自分が今何を言っているのかわかっていないのだというように、彼を弱々しく見上げた。「僕のすてきな天使さん、君が心から僕を愛してくれているのはわかっているよ」ビダスの声は、夕暮れのそよ風のように、そっとジュディの心を愛撫し、彼が唇を寄せてキスをしたとき、かすかに頬をくすぐる息が快かった。

ジュディはやっとのことでほほ笑みを浮かべはしたものの、なぜか初めて、夫に対してぎこちなさを覚え、ようやく父が来て二人の仲間入りをしたとき、救われたような気がしたのだった。

三カ月の間二人が過ごした、甘くけだるい、満ち足りた日々に思いを馳せながら、ほとんど肉体的な痛みがジュディの胸を貫いた。そして今は……それが単なる幻想にすぎないことを知りながら、彼女は、二人の間に何かが忍び込んできたことを感じないわけにはいかなかった。完璧な日々は、もう二度と戻って来ないのだろうか？　ハンナはまだイギリスに帰っていないのだから、幸せはもうしばらく二人の手中に残るだろう。でもジュディは、今まで夫とともにしてきたかけがえのない睦まじさの中に、この不安がなんらかの影を落とすようになるのは避けられないという、苦悩に満ちた確信を抱いた。

夫の声がし、ジュディのもの思いは突然破られる。

「じゃ、僕たちみんなが賛成したってわけだ。きっと楽しいと思うよ、ね、ジュディ？」

「楽しいって……？」今までの話の内容が少しもわかっていなかったので、ジュディはまばたきをして尋ねる。「あなたのお話、よく聞いていなかったの」自分が赤くなったのを意識し、ジュディは再び、夫の表情を見てどぎまぎした。

「今、君のお父さんの休暇旅行のことを話していたんだ……。ジュディ、大丈夫かい？」

「ええ、もちろんよ、ちょっと考えごとをしていただけ」

「そう、じゃ、早速クルーズの手配をしよう。明日アテネに飛んで、正午にピレエフスで船に乗る——君の支度のほうは間に合うね？」

「ええ、大丈夫よ」


その日の朝早く、ビルはイギリスを発ち、アテネで飛行機を乗り継いだあと、十時半に島の空港に到着したのだった。三人はコルフの町で車を止めてコーヒーを飲み、それから島を横切って、オリーブと銀梅花、空に向かって伸びる糸杉の間を通り、北西に向かった。美しい邸宅の壁をブーゲンビリアとハイビスカスが覆い、いたる所にばらが咲き乱れていた。娘に悪い知らせを持って来たにもかかわらず、ビルはそういったすべてを楽しんでいた。そして今、三人が昼食を待ってテラスに座っているとき、ビルは、木々が青々と生い茂る田園風景と、あふれるほどの花や果物のある、この島の美しさについて話していた。

「実は国から外に出たのは、これが初めてなんです」ビルはゆったりと椅子にもたれて、飲みものをつくっている義理の息子に目を向けた。「こんなにすばらしい島を見ることになろうとは、夢にも思いませんでしたよ。本当に美しい島ですね」その声は自然で、父もまたジュディと同じように、気詰まりな雰囲気をビダスに感じさせないようにと、心に決めているようだった。

「確かに美しい所です」ビダスはうなずき、それから、優しいほほ笑みを妻に向けた。この笑顔を、ジュディは幾度目にしたことだろう。それでもなお、最初に会ったときと同じようにジュディをうっとりさせずにはおかなかった。「ジュディはカリムノス島も気に入ったようですが」ビダスはからかうような調子で言い添えた。

「ハネムーンに行った島ですね？」ビルはうなずきながら、愛情をこめて娘を見やる。とりつかれたような表情は消え、ジュディの美しい顔は今、楽しげに生き生きと輝いていた。気品ある頬の線、透き通った桃のような肌、よくビダスがキスをした、愛らしくそり返った鼻、大きくて優しいつぶらな瞳。うっすらと唇を開いて夫を見つめるジュディの顔には、魅惑的なほほ笑みがたゆたっていた。ビダスはよく、ふざけて彼にたわむれるジュディを冗談半分ににらみつけ、気をつけないと思いがけないしっぺ返しを受けることになると警告したものだった。ジュディは赤くなり、そして、彼に抱かれた……。

「ええ」ジュディは、特に質問するふうでもない父の言葉に答えて、夢見るようにつぶやいた。「それは美しい島だったわ」

ビダスは、そのとおりだというようにうなずいた。「いつか、もう一度行くつもりなんです、生き……冬になる前に」

ジュディはさっとビダスを見、そしてすぐに、心の中を見透かされるのを恐れて目をそらした。今にも口をすべらせるところだったのだろうか？　そんな印象を受けたけれど、もちろん彼は、真実を妻に知らせないように、いつもひどく用心深かった。こんなふうに、二人が現在与えられている幸せを受け入れるためには、お互いに、彼らの前途に暗い影などまったくないかのように振舞うしかないのだ。ジュディはようやく顔を上げ、彼の瞳に宿る優しい光を見た。ビダスは、まだカリムノス島のことを考えているらしい。

昼食のあと、三人は一時間ほど庭に出て座り、それからビダスが、パレオカストリッツァの海岸にビルを連れて行こうと言い出した。

「泳ぎは?」ビダスがきき、ビルはうなずいたけれど、トランクスを持って来なかったとつけ加えた。「僕のを使って下さい」ビダスはビルに言い、その前に、明日、ピレエフスでエリナ号に乗ると、電話で連絡をしておこうということになった。「ところでジュディ」ビダスはちょっと考えてからつけ加えた。「僕の手紙をタイプしてくれるかな? 下書きはしてあるし、便せんの下にサインもしておいたから。君はただ、タイプを打って封筒に入れてくれればいいんだ。出掛けるときにポストに入れよう」

ビダスはホールで電話をかけ、ジュディは書斎に行った。サインだけしてある便せんと、かなり短い肉筆の手紙が、机の上に並べて置いてある。ジュディはタイプライターの前に座った。五分とかからないだろう――実際にタイプを打つ前の便せんにサインがしてあるということに、なんの疑問も感じないでジュディは思った。特に外出する直前など、ビダスは前にも同じことをしたことがあった。そうすれば、ジュディが手紙をタイプして封をし、ポストに入れればいいだけに準備する間、ビダスはガレージから車を出せるというわけだった。

タイプライターに便せんをはさみ込んだとき、ある考えが、閃光のようにジュディの頭にひらめいた――彼女自身、どこからそんな考えが浮かんできたのかわからなかったが。その瞬間、ジュディは恐怖にとらえられ、心臓がハンマーのように激しく打った。できっこないわ！　でも、本当に不可能かしら……？　絶望的な立場には、絶望的な手段しかないではないか……。

必死に気持を落ち着け、最初のと同じように会社のマーク入りの便せんをもう一枚取り出し、ジュディはビダスの下書きをタイプし始めた。キーをたたいている間、わきに置いてある便せんのことが、ジュディの念頭から離れなかった。ビダスのサイン――ビダス・テロン。このサインがジュディを救ってくれるだろうか？　自分の知らない心の領域から、思いもかけずに浮かんできたこのきわどい計画を、果たして実行できるのだろうか？　ただでさえ恐ろしい苦境に立たされているのに、これ以上の偽りを重ねることができるだろうか？

少ししてジュディは、我ながらびっくりするほど落ち着き払い、ちょっと謝るような表情を浮かべて夫を見上げていた。

「ごめんなさい、あなた」電話の相手が何かを調べているらしく、受話器を耳に当てたまま待っているビダスに、ジュディは小声で言う。「あの便せん、ミスをしてしまって、打ち直したの。消すよりそのほうがいいと思って――」ジュディは、電話が置いてあるホールのテーブルの上に手紙をのせ、書斎から持ってきたペンを夫に渡した。「ありがとう、ビダス」ほほ笑むジュディの唇に、ビダスは頭を下げてキスをした。

「君は僕の宝物……」ビダスはささやき、電話の向こうから聞こえてくる声に注意を戻した。ジュディは書斎に入り、すでに住所をタイプしてあった封筒に手紙を納める。夫のサインがしてある最初の便せんを折りたたみ、戸棚にあった元帳のページの間にそっとはさんだ――なるべく早いチャンスに取り出そう。

ビルはパレオカストリッツァのビーチを見て、畏敬の念に打たれたようだった。険しい山懐に抱かれた海岸は、うっとりとするほど美しかった。山のふもとにはオリーブの段々畑が連なり、山腹の鮮やかな緑と、赤茶色の岩肌の方に、テラス状になってせり上がっている。

「なんとすばらしい眺めだろう！」車から降りてビーチを散歩しながら、ビルは感動したように叫ぶ。「まったく、どう表現したらいいかわからないほどだ」

三人は、温かく、透き通った海で気ままに泳ぎ、ビーチに寝そべり、静かに言葉を交わした。

「何か着たほうがいいですよ」ビルの肌が焼けてきたのに気づいて、ビダスが注意した。「初めのうちは、あまり急に太陽を浴びないほうがいい」

ジュディは、ビダスが貸してくれたタオル地のビーチコートを差し出し、ビルはそれを肩に羽織った。紺碧の空を背景に、水平線上に姿を見せた白い船影を、父は魅せられたように見つめている。自分の心配ごとも忘れ、内心、ジュディは父に同情を感じていた――あんなにも長い間独身でいたあとに、不幸な結婚をしなければならなかったなんて――。しかも、父がアリスと結婚しなかったとしたら、ジュディはビダスと会うこともなく、結婚することもなかったのだ。運命というものは、なんと不思議な、そして予想のつかないものだろう！　ジュディの思いは、二人の歩いて来た道筋をたどる。そして当然、これから先の未来に思いを馳せた。ビダスに三カ月の命も残されていない今、それはあまりにも近い未来だった。長く孤独な歳月が、忘却のかなたに向かって続いている。忘却？　そんなことは断じて！　しかし、それでも思い出は薄れてゆくだろう。それは避けられないことなのだ。そして、容赦ない時計の針がビダスを遠くに運んでゆき、やがていつか、ジュディの手には届かなくなるだろう。

ジュディは、太陽にきらめく穏やかな海に目を向け、その色が淡いブルーから琥珀色に、それから透き通った、優しい真珠色に変わってゆくのを見つめていた。ときたま、三人のうちだれかがなにげない言葉を交わす以外は、ただ静かにときが過ぎてゆき、ジュディは、自分と夫の間に何も割り込ませないためにはどんなことでもしようと決心していた。

海辺近くにレストランがあって、ビダスはそこに行ってお茶を飲もうと提案した。

「君とお父さんはどうかわからないが」ビダスは二人に言う。「僕は紅茶とケーキより、もうちょっとお腹の足しになるものを食べたい感じだな」

「私もよ」ジュディは父の方を向く。「サンドイッチはどう？　それともちゃんとした食事をする？」

そう言いながら、彼女は夫にきいた。「この時間でも食事はできるわね？」

「もちろんできるよ」ビダスはウェイターを呼んだ。

「あまり重いものは欲しくないよ、ジュディ。さっきすばらしいお昼をごちそうになったから、今はサンドイッチと紅茶で十分すぎるほどだよ」

ビダスはケーキと、この島独特のデザートで、香り高いリキュールに漬けたフルーツ、フラウレスを注文した。

「きっとフラウレスが気に入ってよ」ジュディは、こんもりと器に盛られた、見るからにおいしそうなフルーツをスプーンですくう父を見てうけあった。

「いちごだね」ビルはうなずく。「確かにおまえの言うとおり格別な味だ」

「野生のいちごよ。コルフでは野生のいちごを栽培していて、飛行機でアテネに出荷しているの」

「ここでは、どんな種類の果物も、比較的簡単に育つんです」ビダスはちょっと得意げに口をはさんだ。

「ギリシアにあるほかの多くの島と違って、ここは雨に恵まれているから、こんなにも美しい自然と、青々と茂る緑が与えられているんです」ビダスは少しの間口をつぐみ、強烈な太陽の照り返しに目を細めて、海のかなたに現れた、もう一艘の白い定期船を見つめた。「雨のあとは、大地にすばらしい香りがたちこめます。特に糸杉の森の中では――やにの匂いでしょうね」

「それに、じゃこう草の匂いがしたときもあったわ。ビダス、覚えていて？」ジュディの言葉に、ビダスはうなずく。どうして忘れることなどできようか――彼の優しい瞳はそう言っている。

あのすばらしい夜、二人は夕食のあと散歩に出た。雨に洗われた風景が、大きな月の光を浴びてきらめいていた。そして、木の葉のまわりに輝くダイヤモンドが滴になり、夜風が木々の枝を揺するとき、一瞬星影を映してきらっと光り、地面にこぼれ落ちるのだった。魅惑的な東方の夜、無数の星、月、水平線にかかる紫の霞、小路の両わきに咲くアスフォデルとラベンダー、ひんやりと澄みきった夜気を満たす、じゃこう草のつんどくる香り。これらすべてが溶け合い、ジュディとビダスの情熱と、お互いに求め合う気持を、いやがうえにもかき立て、何回も立ち止まって妻にキスをしたあと、ビダスはかすれた声で耳もとにささやくのだった。

「もっと散歩を続けたい？　それとも家に戻ろうか？」

ジュディは恥ずかしそうに答える。それは、ビダスが期待していたとおりの返事だった。そして二人は手を取り合い、丘の上のビラに戻って行った。

「覚えているとも、ダーリン」口ははさまないけれど、二人のやりとりを聞いているビルがいることも忘れて、ビダスが言う。「何もかも覚えているよ、とてもはっきりと」この最後の言葉に思い出をよみがえらせ、ジュディは赤くなってまつげを伏せた。ふいに何かを感じたように、ビルは二人から目をそむけ、顔を曇らせた。

娘の将来を考えると、ビルの心は鉛のように重く沈んだ。ビルは、娘が実際に夫を失ったときのことが一番心配だった。その話をすることが娘にとってどれほど酷か、ビルにはわかっていたけれど、それでも彼はその夜、夕食に下りて行く前に、ちょっとおしゃべりをしに部屋に立ち寄った娘に、そのことを尋ねないわけにはいかなかった。

「なんとか耐えられると思うわ、お父さま」ジュディは意外なほどしっかりとした口調で言った。「心の準備はできているの、だから取り乱したりはしないでしょう。ビダスとの結婚がどんな意味を持つか、私には最初からわかっていたんですもの。実際に結婚する前から、彼を失う悲しみからは決して立ち直れないだろうと、気づき始めていたみたい」驚いたことに、父の目に涙が浮かび、髪にブラシを当てていた手の動きがふっと止まった。鏡の中に映る娘を見ていた父は、振り返って言う。

「でもジュディ……そんなことまでしなくても……いや、そんなことをすることはなかった！　おまえは否定するかもしれん。そして今のところ、そうしてよかったと信じ込んでいるだろうが、あとでそのときが来たとき……」父は声を詰まらせ、涙が頬を伝った。「そのとき、おまえがどうなってしまうか、それが気がかりなんだ」

「なんとか耐えるしかないわ」

父は、鏡台の引き出しからハンカチを取り出し、涙をぬぐった。

「ハンナのことはどうするつもりだね？」ビルは、ようやく落ち着きを取り戻してきいた。「きっと面倒を起こすだろう。ハンナがやって来たところで、おまえたちの間が完全にだめになるとは思えないが……ビダスは心からおまえを愛しているようだからね」

「さっき着替えをしていたとき、私もそのことを考えたわ。お父さまの言うように、ハンナには私たちを引き裂くことはできないでしょう。でも、私たちの間にしこりが残るのは確かだわ」そこで口をつぐみ、それからきっぱりと言った。「ハンナをここに来させないわ。考えがあるの。もし、ハンナの手紙を、ビダスが見る前に私が取ることができたらの話だけれど。そうしたらもちろん、それが最後の手紙になるはずよ」

ビルは戸惑ったように娘を見る。

「私にはわからない」父は眉をひそめた。「どうしておまえは、いつも落ち着いているんだろう」

「内心では落ち着いてはいないわ。それどころかとても怖いの。自分のしようとしていることが怖いのではなく、失敗したらどうなるかと思うと」

「いったいなんのことだね？」ジュディが何をするつもりかはわからないが、いずれにしても、この窮地から抜け出す方法などありはしないと決めてかかっているように、ビルは機械的に頭を振っていた。

「心配かけたくないから、今は言えないわ。もしそれがうまくゆかなくて、成り行きに任せておくよりももっと悪い結果になった場合、きっと心配なさるでしょうから」

「ということは、おまえがしようとしていることで、おまえとビダスの間がますますこじれる可能性もあるということかね？」

「彼が知ったら、もちろんそうなるでしょうね」

「そんな危険を冒す価値があるのかい？」

ジュディは青ざめてはいたけれど、落ち着いてうなずいた。父を見つめる澄んだ瞳は大きく見開かれ、一途な決意を物語っている。「夫を傷つけないためなら、どんなことでもしようと心に誓ったの。この誓いは決していい加減なものではないわ」

「おまえはすばらしい娘だ、ジュディ」ビルは深い愛情をこめて言った。「そのときが来たら、いつでも私がそばにいることを思い出してくれるね？」

ジュディはほほ笑みながらうなずき、髪をとかし終わった父の腕を取って、背伸びをしてその頬にキスをした。

「さあ」ジュディは明るく言う。「笑って！　たとえ一分たりとも無駄にしないで、ビダスを幸せにしてあげなければならないの、忘れないで」

「ビダスが幸せだと、本当にそう思っているのかい？」

「それは確かよ」それほどまでの自信に、ビルは驚いているようだった。「彼は恐れてはいないわ、わかるでしょう？　彼は避けられない運命を受け入れているのだし、それに、私がいるから幸せなのよ」

「ビダスは、自分の病気について、まったくおまえに話さないのかい？」ジュディが首を振ると、父は続けた。「それはどうかと思うね」

「いいえ、もし彼がそのことを私に話してしまったら、私たちの幸せはおしまいになるでしょう」

「そうか、やっとわかったよ。そのことを知ったらおまえが悲しむと思って、それで彼は、最後のときまでおまえを幸せにしておこうとしているんだね」

「そのとおりよ」

「ビダスは、おまえのような貴重な宝を持っていることに、十分気がついているだろうか？」

「もちろん、彼は気づいていてよ」父をドアの方に引っ張って行きながら、ジュディは笑った。「彼、いつもそう言っているもの！」

次の朝、みんなは早起きをして、中庭(パティオ)で朝食をとり、空港までドライブをして、そこからアテネに飛んだ。船が出るまで三時間はあったので、二人はビルをアクロポリスの丘に案内した。毎年どっと押し寄せてくる大勢の観光客と同じように、ビルもまた感動して目を見張った。世界で最も美しい建築物で、アテネ屈指の神殿――最高神ゼウスの娘で、古代アテネの守護神であるアテナを祀ったパルテノン。それから彼らはタクシーに乗って宮殿に行き、町をひととおり見物した。アテネの町は人口が多く、交通も混雑していて、一分ごとに事故が起こらないほうが不思議なくらいだった。でも、なぜか、すべてが、そしてだれもが、なんとか無事にきりぬけていて、交通係の警官はそのことを感謝するべきだと、ジュディは思う。

「すばらしい！」タクシーを降りてオモニア広場に向かって歩いているとき、ビルが感心したように声をあげた。「信じられないな！」警官が車の流れを止め、待っていた通行人に合図を送ると、まるで兵隊が行進するように整然と、急ぎ足で、道の両側から一団となって人々は横断を始めるのだった。

「ギリシア人が急ぐときは」ビダスは笑う。「道を横切るときくらいなものだ。それ以外のとき、ギリシア人はどちらかと言うと怠惰な国民だといえるね。気候のせいだろう。きつい仕事をするにはけだるいから」

ジュディはすぐさま反論した。

「ビダス、あなたの場合はずい分努力して働いてきたに違いないわ」

「これはどうも、奥さま。そうかもしれないが、最近はそれほどでもなくなった」ビダスはからかうような調子でつけ足す。「一分だって僕から離れられないような奥さんをもらってからはね」

「今にわかるわ、お父さま」ジュディはいたずらっぽく皮肉った。「私の旦那さまが、ひどくうぬぼれが強い人だってこと」

でも、ビルはただ娘を見ただけで、聞こえたというより感じられるていどのため息をもらした。

「どうしておまえたちはそんなに陽気でいられるのかな？」

ビダスが別のタクシーを呼び、今度はアテネの港、ピレエフスに行った。港には、ビダス所有の白いクルーズ船が停泊していて、ベランダと専用のシャワー室がついている、ファーストクラスのキャビンが二部屋、彼らのために取ってあった。

「ジュディ」妻の腕を取って――今では、ジュディもそうされることに慣れていた――ギャングウェイを上りながら、ビダスはささやく。「震えているんだね？」

「胸がわくわくして」

「君は少女みたいだ」ビダスは笑い、彼らを迎えるためにギャングウェイの上で待っていた二人の航海士（オフィサー）のあいさつに応（こた）えて、ちょっと立ち止まった。

「小さな少女じゃなく、身分の高い貴婦人になったみたい」ジュディはそう言いながら、夫といっしょに通り過ぎるとき、二人に頭を下げたオフィサーにほほ笑みを返した。「女王さまになったよう！」

乗船するとすぐに、彼らはキャビンに案内された。荷物のほうは、アテネに着いてすぐ、ビダスがタクシーで送っておいたので、すでに部屋の中に置いてあった。

「父の様子をちょっと見てくるわ」と、ジュディはビダスといっしょのキャビンに入って間もなく言った。「慣れないことで、きっとまごまごしているでしょうから」

ビダスはうなずいた。

「もしお父さんに何か必要なものがあったら、僕に言いなさい。すぐに手配するから」

「ありがとう、あなた。父にあんなによくして下さって、とても嬉しいわ。父にとって、一生忘れられない思い出になるでしょうね」

「そうしてあげなければ、ジュディ。君のお父さんはとても悩んでいらっしゃるらしいから。僕の結婚がとても幸せなんで、ことさら不幸な人を気の毒に思うのかもしれない」

口もきけないほど胸がいっぱいになり、ジュディは廊下に出た。でも、自分たちの部屋のすぐそばの父のキャビンに入ったとき、彼女はまったく平静を取り戻していた。

「お父さま、大丈夫？」豪華なインテリアに目を輝かしながら、ジュディは部屋の中を見回した。父は船旅に興奮し、心から楽しんでいる様子だった。

「とても快適だよ。これはすばらしい船だね、ジュディ」

「早く船内を見て回りたくてうずうずしているの。まず着替える？　それともそのままでいい？　ビダスが、そろそろ昼食の時間だって言っていたわ」

「何か軽いものに着替えるかな」

「ええ。でも、まだ私たち食堂には行かないと思うわ。二回目の着席にするかもしれないから」ジュディはドアの方に歩きながら言った。「支度ができたら私たちのキャビンに来て下さる？　そのときにどうするか決めましょう」

結局、二度目の着席のときにお昼を食べることにして、三人は船内を見て回った。

プールが二つ、ナイトクラブが二つ、広々としたホール、映画館——こういった公共の場所と客室は、すべて冷房が効いていた。いくつかあるラウンジの一つでは、オーケストラが音楽をかなで、大きな鉢に植えられた椰子の木や、さまざまな南国の緑に囲まれてお茶が飲めるようになっていた。

昼食は広いダイニングルームに用意されていて、三人は窓側のテーブルに座った。夕食は船長といっしょのテーブルになるだろうとビダスは言い、そのときジュディの顔に広がった困惑の色を見て、彼は笑った。

「キャプテンは君を食べやしないよ。僕がついているから大丈夫さ」

「最初はどこの港に寄るのですか?」夕食のあと、彼らがキャプテンといっしょにホールの椅子に座り、フロアーで踊る人たちを見ているとき、ビルが尋ねた。

「明日、セリフォスに入港する予定になっています」キャプテンのジョージ・ハラティスが答える。「今までにギリシアの島に行かれたことがありますか?」

ビルは首を振った。

「実は、外国に来たのは今度が初めてなんです」

ジョージとビダスは目を見交わした。キャプテンは、なぜビダスが貧乏人の娘と結婚したのか、不思議に思っているのだろうか? そして、ジョージをはじめ、ビダスの友人や仕事仲間は、命にかかわる彼の病気のことを知っているのだろうか? きっと知らないに違いない。なぜならビダスは、自分の個人的な問題を他人に打ち明けるような男ではなかったから。ビダスの友人? 今までのところ、ジュディとビダスはほかの人たちとの交際を避けて、ほとんど二人きりで過ごしていた。でも、きっとどこかに、ビダスが友人と呼べるような人がいるはずだった。最初に会ったとき、彼がとても孤独な人だという印象を受けた。でもそれは、死の宣告を受けたばかりで悩んでいたからそう見えたのだろう。それ以前は、休日をいっしょに楽しむ友人がいたに違いない。自分の運命を知ってから、彼は自然に人を避けるようになったのだろう。

「きっとセリフォスが気に入りますよ」年齢を問わず、船に乗っているすべての女性を魅了するようなほほ笑みを浮かべ、ジョージはビルにうけあった。あとでビダスが言ったことだが、こういったクルーズ船のキャプテンはハンサムでなければいけないらしい。観光客を引きつける〝呼びもの〟も大切な要素なのだ。ビダスは笑いながら、ある島では、男たちが冷淡だということで有名なスカンジナビアからやって来る女性客のために、恋人まで用意しているのだと、からかい半分に話した。

「恋人ですって?」ジュディは目を丸くする。「冗談でしょう?」

「ギリシアは、世界で最も愛を重んじる国なんだ。それに、この国では喉から手が出るほど観光客を必要としている。この二つがいっしょになって、一種の〝恋人あっせん業〟のようなものが発生したというわけだ。ご婦人方を楽しませるハンサムな若者たちは〝おうむ(パロット)〟と呼ばれている。女性に近づくとき、彼らはまるでおうむが同じことを繰り返すように、みんな決まったパターンを踏むかららしい。彼らは申し訳ていどのものを身につけて、お目当てのスカンジナビア美人の前を練り歩くんだ。それからパロットたちは、ご婦人方を家に連れて行く」

「ぞっとするわ!」

ジュディの憤慨した表情を見てビダスは笑い、イギリスの片田舎に閉じこもっていたから世の中のことは何も知らないのだね、と妻を冷やかした。しかしそのあと、彼は感謝とまじめさの入り交じった表情になって言った。

「でも、正直でかわいい僕の奥さんには、ずっとそのままでいてほしいね。だって、そんな君だからこそ好きになったのだし、君にはいつまでもそうあってほしいんだ」

いつまでも……その一言はジュディの胸を引き裂く。その一言に、彼がジュディとずっといっしょにいられないことを知っていて、それでもジュディが今のまま変わらないでほしいと願っている気持が、はっきりと表れていた。

「ぼんやりして、いったいどうしたんだい？」ビダスの声がして、ジュディはふっと現実に引き戻された。彼女は笑いながら、心が遠くに行っていたのだと答える。「どこまで？」キャプテンとビルが話しているのをちらっと見て、ビダスがきいた。「僕を放っておいて、君一人でどこをさまよっていたのか教えてほしいね」

「あなたがいっしょじゃなかったとは言ってないわ」ジュディは声をひそめてささやいた。「私、さっきの恋人たちのことを考えていたの」

「おやおや、でもどうして？」

「そういう人たち、どの島にいるの？」ジュディの質問に、ビダスは頭を振った。「お願い、教えて！」

「わかったよ。ロドスもそういった島の一つだ」

「あの美しいロドスが？　なんてことかしら！」

ビダスの笑い声がほかの二人の注意を引き、彼とジュディだけの会話はそこで打ち切られた。

「セリフォスについて何か聞かせていただけません、キャプテン？」ジュディはキャプテンの方に首をめぐらし、内気そうに尋ねた。「そこも岩の多い島ですの？　ギリシアのほとんどの島は岩が多いとビダスから聞いていますけれど」

「そのとおりです」キャプテンはほほ笑み、自分をジョージと呼ぶようにと言ってから話を続けた。

「セリフォスには、二つの高い岩山と深い谷がありますが、とても肥沃な平野もあるし、ほかの島と同じように、泳いだり釣りをしたりできる美しい海岸もあるんです」ジョージはセリフォスについてもう少し詳しく話し、それから立ち上がってジュディにダンスを申し込んだ。キャプテンが踊るときはいつもそうなるように、みんなが二人に注目した。踊りに出掛けたりすることはめったになかったのに、小さいころから父に教えられたせいか、ジュディはとてもダンスが上手だった。十四歳のとき、ダンスのコンテストでメダルをもらい、その翌年もそうだった。ジョージにそのことをほめられたとき、ジュディは恥ずかしそうに頬を染めた。キャプテンにエスコートされて席に戻ったとき、ビダスは冗談にやきもちをやいたふりをして立ち上がり、妻を抱いた。

「赤くなっていたけれど、ジョージは君にどんな甘い言葉をささやいたんだい？」ビダスはからかうように妻を責める。

「私のダンスがとてもうまいって、そして、人形を抱いているみたいに軽いとも言っていたわ」

「そう言ったの？　ジョージはいつもあの調子なんだ。二度と僕の奥さんと踊らないように見張っていなければ」

もちろんそれは本気ではなく、ジョージとジュディはその夜、何回かいっしょに踊った。父も久しぶりに娘と踊り、その楽しそうな様子を見て、ジュディも嬉しかった。

「若返ったように感じるよ」踊りながら父が言う。

「本当にまだ若いんですもの。よぼよぼのおじいさんみたいな言い方はよして。お父さまは今、男性にとって一番大切な壮年期にいるのでしょう？」

「そうかもしれない。でも、人間は環境や立場に左右されるものだ。アリスといると老けてしまうよ」

ジュディは一瞬ためらった。

「うまくいく可能性はないの？」

「絶望的だね。アリスと私ほど相性の悪い夫婦もいないだろう」

「別居することを考えているの？」

父はちょっと口をつぐみ、うなずいた。

「考えている。おまえの言うように、まだ二人とも若いのだから――」父は寂しそうに笑った。「私もアリスもまだ若いうちに別れたほうがいいと思うんだ。このまま何年かは続けられるかもしれない。でも私にはそうする気がなくなってしまった。もうこれ以上やってゆけないと、それとなくアリスにも言っておいた」父は心配そうな娘の表情を見下ろし、何か意見を待っているようだったけれど、ジュディはただ頭を振っただけだった。運命のいたずらを思って、初めて彼女の心を激しい痛恨が貫いた。運命は、ビダスとジュディに申し分のない結婚を、ほんのつかの間に限って与えてくれた。一方、父とアリスには、本当ならお互いの愛を十分に楽しめるだけの長い時間が与えられているのだ。すべては理不尽で、あまりにも不公平だった。しかも、もしビダスが病気でなかったら、はるばるイギリスまで来ることもなかったただめに、甥の命を救った女性に会うただろう。「アリスは何も言わないが」ジュディが黙っているので、ビルは続ける。「きっと、彼女も別居には賛成すると思う。ただ、問題はあのコテージなんだ。アリスは決して自分からは出て行かないだろうし、私にしたって、コテージをアリスに渡して出て来る気はないんだ」

「行き詰まりね。どうやって解決するつもり？」もし必要ならコテージを売りに出す、とビルはきっぱりと言った。アリスがコテージに残ったとしても、新しい家主に家賃を払うことになるわけだ。そしてビルのほうは、家を売ったお金で自分の生活の基盤を固められる。「でも、お父さまはあのコテージに愛着があるのでしょう？　それに、私たちがいつも感動した、あれほどの美しい景色、平和、静けさは、二度と手に入らないと思うわ」

「平和も静けさも、あそこにはもうないんだ」父は沈んだ声で言った。「いや、ジュディ、私はもうコテージに住む気はない」

父の言葉に顔を曇らせて、ジュディは唇をかんだ。そのとき音楽が終わったので、その話は途中で立ち消えになり、そのあとも二人きりで話すチャンスはないまま、うやむやになってしまった。航海が進むにつれて、ビルは自分の悩みなどすっかり忘れたかのようで、亡き夫がキャプテンの友人だったという、一人旅の夫を亡くした女性ミセス・ブルックスに紹介されてからは、ますます陽気で楽しそうに振舞うようになった。そして、ミセス・ブルックスも、心から喜んで三人の仲間に加わり、残されたクルーズの間、よく四人そろって過ごすようになったのだった。

7

花や草木に深く埋もれるように点在する、昔ながらの瀟洒(しょうしゃ)な邸宅(ビラ)や別荘を背景にしたセリフォス港を離れ、船はナクソスに向かって穏やかに航行を続ける。入港時に見えるナクソス島の第一印象は、目にしみるブルーと純白とのコントラストだった。海と空はあくまでも青く澄み、丘の中腹に立っているビラや、パラチア小島に残る古代神殿の大理石が、まぶしいほどに白く輝いている。

「なんとすばらしい景色だろう!」まず最初に賛嘆の声をあげたのはビルだった。船がゆっくりと港に入って行くとき、ミセス・ブルックスを交えた四人は手すりのそばに立ち、美しい景観を見つめていた。

「アリアドネの島、か」ビダスはつぶやき、すでにミセス・ブルックスのことを親しげにジリアンと呼び、彼女の隣に寄り添っているビルを、気にするようにちらっと見やった。「伝説によると、ここは、テセウスがアリアドネと一夜を過ごしたあと、彼女を捨てたといわれている島なんだ」

「まあ……」ジュディがさっとビダスの方に顔を向けたとき、彼の肩に頬が触れた。ビダスは素早くキスをし、ジュディは赤くなってまつげを伏せた。

「アリアドネが迷宮からテセウスを助け出して、命を救ってあげたのに、それでもテセウスは彼女を捨てたの？」

ビダスはジュディをからかって、お説教でもするように首をかしげる。

「君がギリシアの神話について勉強しなかったのは確かだね」

「ええ」ジュディは素直に認め、いたずらっぽく言った。「そういう本を読むべきかもしれないけれど、その代わり、あなたに教えてもらえるわ。そのほうがずっと簡単ですもの」

「無精な子だ！　えーと、そう、テセウスは美しいアリアドネを捨てて航海に出た。そしてアリアドネが嘆き悲しんでベールをずたずたに引き裂くのを見ても、気にもとめなかったんだ」

「なんてひどい人でしょう！」

「でも、アリアドネのために悲しむことはないよ」

ジュディの憤慨した表情を見て、彼はおかしそうに笑い出した。「彼女はすぐに、ハンサムな神、ディオニュソスに慰められ、二人は結ばれた。そしてディオニュソスは、アリアドネのために星の冠をつくったんだ。だから、結局その物語はハッピーエンドというわけさ」ビダスはまた、ビルとジリアンの方をちらっと見る。彼らは二人だけで何か話していて、テセウスとアリアドネの伝説など、まったく耳に入らないようだった。

「心配だわ」四人が港町を散歩しているとき――ビルとジリアンはずっと後ろからついて来ていた――ジュディが言った。「父がミセス・ブルックスを好きになって、これ以上問題がややこしくならなければいいのだけれど」

「あの二人がお互いに引かれていることは一目瞭然だ」ビダスは心配そうに言った。「君のお父さんがだれかを好きになるのはいいが、クルーズの終わりにその人と別れなければならないのは、辛いことだろうからね」

「彼女はとても良い人だと思わない？」アリスとジリアンを比べてみて、ジュディは考え込んだ。ジリアンは小柄でほっそりした体つきで、グレイの髪は短くカールしている。丸い小さな顔には、円満な人柄をしのばせるしわがあり、透き通るようにつややかな肌をしていた。四十一歳で、三年前に夫を亡くしたということだった。家はノーザンプトンにあって、ビルが会いに行くのにも、それほど遠くはない。でもジュディは、いくら彼らがお互いに引かれていても、アリスと別れないうちは、父がそんなことをするとは思えなかった。

「ジリアンは魅力的な女性だ」ビダスはジュディに答え、ちょっとの間口をつぐんでから言った。「君のお父さんは、自分が結婚していることをジリアンに言っただろうか？」

「そうは思わないわ」ジュディはためらう。「ビダス、父はアリスと別れることを考えていると言ったのよ」

「本当かい？」そのあと長い沈黙が流れた。「離婚を考えていると言ったの？」

「はっきりそう言ったわけではないけれど、そう思っていることは確かよ。父はただ、別居すると言っただけ。でもそんな状態が続くわけはないでしょう？」

ビダスは顔を曇らせる。

「ギリシアでは離婚ということに好意的ではないんだ。ここではまだ、結婚は神聖なものと考えられていて、一度結ばれたら、それは永遠に――」ジュディがびくっとするほど唐突に、彼は口をつぐんだ。かすかな震えがジュディの身内を貫き、胸が詰まった。彼が言おうとしていたことが、ジュディにはよくわかった――「死が二人を分かつまで……」

ジュディは心の中でつぶやく――彼のどこが悪いのだろう？　そのときが来たら、彼は苦しまなければならないのだろうか？　しかし、そんなことを尋ねるわけにはいかない。

ジュディはしかし、ほかのことを口にしていた。

「ええ、ギリシアの人が結婚をどのように考えているかは知っているわ。でも、ある夫婦がひどく不幸でも、それでもいっしょにいるべきだと思う？」

長いこと考え込み、それからビダスはようやく口を開いた。

「僕にとって、それはとても難しい質問だ。僕自身あまりにも幸せすぎるから」ビダスはいとおしそうに妻を引き寄せた。

歓喜に包まれ、ジュディはため息をついた。なんという幸せ！　どんなにそれを求めても、ほとんどの人が手に入れることのできない、貴重な、真実の愛を知ったのだから。

町を散歩したあと、船が次の島に向かって出航するまでの間、タクシーで島めぐりをしようと、ジュディとビダスの意見が一致した。二人は立ち止まり、ビルとジリアンが追いつくのを待つ。

「タクシーを呼びますか？」ビルとジリアンの二人だけでどこかに行きたいのではないかと、ビダスは気をきかせてそう尋ねた。しかし、彼らも島めぐりに賛成で、最初の計画どおり、四人で観光することになった。両側に並ぶ家々の中庭(パティオ)やバルコニーに置かれた茶色い植木鉢に、南国の花があふれんばかりに咲き乱れている。狭い通りを一巡したあと、彼らはタクシーを拾った。車は、龍舌蘭(りゅうぜつらん)ときょうちくとうが燃えるように咲き誇る道を過ぎ、ぶどうやオリーブの段々畑の間を抜け、緑の美しい郊外を走って行った。アポロナに着くとタクシーの運転手は車を止め、糸杉の森の中に踏みしだかれたように続く小路を通って、今はもう使われていない古代の石切り場に案内して行った。

「あれが青年像(クーロス)ですよ」運転手は、木立の間に横たわる巨大な石像を指さして言った。長さは十メートルほどもあるだろうか、像の一部はこけに覆われ、その顔は風化してはいるものの、首から下、体の部分ははっきりと原形をとどめている。

ジュディは胸を打たれ、口をきくことも動くこともできずに、ただ茫然(ぼうぜん)と立ちつくしていた。その大きさに驚いたわけでもなく、考古学者にもかえりみられず、博物館に収まることもなく、そこに横たわっているという事実に打たれたわけでもない。ただ、そのクーロスの孤独な姿に心を動かされたのだった。森の中に切り開かれたこの空間そのものが、一種の妖気のような、謎めいた雰囲気に包まれているようだった。〝時〟……時とはいったいなんだろう？　はるか昔に、だれがこの巨大な像を刻んだのだろうか？　そして、この眠っている像――人間の姿をとった神、それとも神格化された人間かもしれないが――は、だれなのだろう？　どんな人だったのだろう？

ジュディはふっとため息をもらし、夫の方を振り返った。

「なんと言ったらいいか……寂しい感じがするわ」ジュディはつぶやく。「あの像、どのくらいあそこに横たわっていたのかしら？」

ビダスは、生い茂る草木の間に横たわっている像を見下ろした。

「両腕を真っすぐに伸ばして、硬い感じの体――このポーズにはエジプトの影響が見られるから、紀元前六百年ころに彫られたのだろう。その時代の青年像群(クーロイ)はすべて、こういった動きの乏しい様式を持っているんだ」

「紀元前六百年か……」この像がそんなにも長い歳月の間、ずっとここに横たわっていたことを理解しようとするかのように、ビルは大きくうなずいた。

「エジプトって言いましたか?」

「この像はこの場所で彫られたんです。当時、ギリシアはエジプトと貿易をしていたから、当然彼らの影響を受けたわけです」

「これはだれの像かしら、ビダス?」

「クーロイの多くは、アポロということになっているが、いくつかは競技者の像もある。それから、像の大きさを見ても、どの時代に彫られたものかを知る手がかりになるんだ。この時代を過ぎると、像の大きさがだんだん人間に近くなってくるから」

「そして動きも感じられるようになるのね?」

「そうだ。ギリシア芸術の発展、これは興味深いテーマだね。イオニア人がやって来て、アテネの人に、キクラデス諸島で採れる大理石を使うことを教えたんだ。当時アテネでは、黄色っぽくて気孔の多い、ピレエフスで採れる石灰岩を使っていたからね。イオニア人はまた、体を部分ごとに彫って、それをつなげる方法も伝えたんだ」

「部分ごとにつくられている像を見たら」ビルが口をはさむ。「それが、この像よりもあとの時代にできたものと考えていいわけですね?」

しばらく島を見物したあと、ビルとジリアンがみやげ物屋をのぞいてみたいと言い出したので、ジュディとビダスは防波堤を渡って、白い大理石の門が立っている小島に足を向けた。かなりの権勢を誇った神殿の廃墟だったけれど、今はもう、その門の先には何もなかった。海の中に浮かぶ丘、とでもいえそうな小さな島は、恋人に捨てられて嘆き悲しんでいるアリアドネを、ディオニュソスが見つけたと伝えられる場所だった。

ジュディとビダスは、遠い昔に消え去った建物の一部、くずれた壁のかけらに腰を下ろす。そこには彼らのほかにだれもいなかった。澄みきった青空からさんさんと降りそそぐ陽光を浴び、すべてがひっそりと静まりかえっていた。

「何もかも、たとえようもないほど平和だわ」ジュディはささやくように言い、ビダスは優しく笑う。彼の体には男らしい活力がみなぎっていて、まったく健康そのものに見える、とジュディは思った。たくましく日に焼けた腕、広い背中、真っすぐにしゃんとした肩、誇り高くそらした頭、そして、決然とした不屈の精神をのぞかせる、メタリックグレイの瞳。突然、こみあげる愛の歓喜につき動かされ、ジュディはビダスの腕に手をすべり込ませると、彼の頬にキスをした。ビダスは、ジュディの大好きなまぶしげなほほ笑みを浮かべ、次の瞬間、彼女を腕の中に抱いていた。そしてそのキスは、いつものように、彼を求めるジュディの唇を温かく覆うのだった。

「そろそろ行こうか、僕たちのために船を待たせたくはないからね」

船が港を出るとき、かすかに風が立ち、インディゴブルーの海がさざめき、椰子の葉がさわさわと揺れた。きらめく太陽の下、小さな釣舟が波間に浮かび、陽気な漁師たちが、港から出て行く船に向かって手を振っている。乗客たちは手すりにもたれ、だんだんと遠ざかってゆく港と、人形の家ほどに見える白く輝くビラ、港の背景にある小高い丘を、それらがぼんやりした灰色の塊になるまで見つめていた。

クルーズは終わり、そしてビルの休暇も終わった。最後の日、これから空港に行こうとしているとき、父は娘に、自分がジリアンを好きになったこと、そして彼女と別れるとき、イギリスに帰ったらまた連絡すると約束したことを打ち明けた。

「ますます話がこじれるでしょうね」ジュディの言葉に同意するように、ビダスも機械的にうなずく。

彼は車を運転し、ビルは助手席に座っていた。

「そうかもしれないが、人生はどっちみち、どう転んでも面倒なことばかりだ。でも、少なくとも今度のことは、私の人生に希望を与えてくれる」ビルは、ビダスの前で話すことを少しもためらわなかったので、話を聞いていたビダスは、自分が結婚していることをジリアンに話したのかどうか、ビルに尋ねた。

「話しましたよ。問題をあいまいにしておいたって、何もいいことはありませんから。彼女に会って間もないころに話したんです」

「もし、ジリアンとこれからも会うつもりなら、そう、やはり話しておくべきだったでしょうね」

「そのつもりです」ビルは穏やかな声で、しかしきっぱりと言い切った。ジュディはアリスのこと――義母(はは)が幸せを築くことができたかもしれない結婚生活について考えていた。アリスは遠からず、また一人きりになるだろう、自分の愚かさのために。それにしても、ジュディは今でも、アリスが悪い人だとは思えなかった。ただ、かっとしやすい性格と気難しさのために、生活をともにする人を傷つけてしまうのだ。

別れは少し悲しかったけれど、父とジュディはお互いに、欠かさずに手紙を書くことを約束した。出掛ける前、荷物をまとめるのを手伝いながら、ジュディは父とゆっくり話す機会を持った。ビルは、ジュディがとても幸せそうに見えると驚いていたが、夫の運命を知らないことになっているのだから、そうする以外、どうしようもなかったのだ。

「とにかく、先のことをくよくよ考えて、残された貴重な日々を台無しにするわけにはいかないわ」そう言いながらもジュディの声は詰まり、一瞬、深い絶望にとらえられた。しかしそんな気分を振りきって、ジュディは再び、未来に目をつむり、現在だけしかない隠れ家に逃げ込むのだった。恐れは消えてゆく。ただ、ハンナからの手紙がビダスの手に入らないようにすればいいのだ。もしその手紙を夫が先に受け取ってしまったら、すべては終わりだ。でも、ビダスの幸せのために闘う覚悟はできている。いちかばちか、やってみるしかないのだ。ハンナの手紙を一通たりとも見逃すことがないように、慎重に、いつも気をつけていなければならない。ハンナがビダスからの――いいえ、私からの――手紙を受け取って、二度と手紙をよこさなくなるまでは……。

「お父さま、これだけはお願い」荷物を詰め終わり、ビダスが待っているテラスに行こうとしたとき、ジュディが念を押した。「ハンナに私の住所をきかれたら、私がハンナともアリスともきっぱり縁を切ったと言っていると、はっきりそう言ってね。アリスが私の住所をきかなかったのは、本当に幸運だったわ。もしきかれていたら、お父さまにも迷惑がかかったでしょう？　お父さまとアリスの間がそんな状態のときに、アリスが私の住所を知りたがるとは思えないけれど、ハンナはきくかもしれない――」最初、義母に住所をきかれるかもしれないという考えはまったく頭に浮かばなかった。しかし、あとになってジュディは、義母の虫の居所がいいときに、ちょっとした手紙を寄越す気になるかもしれない、と心配になった。もしそんなことになったら、さっきジュディが言ったように、父の立場がややこしくなってしまうだろう。

「私の考えでは、ハンナがおまえと連絡をとりたがっているとは思えないが」ビルは眉を寄せて考え込み、しばらくためらってから続けた。「とにかく、もし万一、ハンナがおまえの住所をきいたら、なんとか疑われないような返事をしておこう」父はジュディを見つめる。「ハンナは疑いやしないだろうよ。心配することはない。ハンナもアリスも、おまえにそんな大それたことを実行する神経があろうとは、夢にも思わないだろうから」

ジュディは、父の言葉にかすかにほほ笑む。本当は、それほど大それた覚悟をしたわけではなかったのだ。ビダスとの結婚は、まるで前もって定められていた運命に身を任せるかのように、まったく自然にそうなったにすぎない――あのとき、ジュディは直感的にそう思ったのだった。

「着いたよ」考えごとをしていたジュディは、夫の声に現実に引き戻された。「家に着いたんだよ、ジュディ。空港からの帰り、君はずっとぼんやりしていたね？」

ジュディは夫を見上げる。

「話しかけて下さればよかったのに」

「なぜか、僕も話したくなかったんだ。君のお父さんのこと、気の毒に思ってね。一人で飛行機に乗るとき、とても寂しそうだったし、ちょっと当惑しているようだった」

「ええ、私もそう感じたわ。でも、父は心から休暇を楽しんだみたいね」ジュディは感謝をこめて言った。「父の休暇を、こんなにもすばらしい、思い出深いものにして下さって、本当にありがとう。クルーズの費用のことを父は気にしていたけれど、私、義理の息子の船なのだから、まさかお金を払うなんてことを言わないように、父に言ったの。いずれにしても」ジュディはほとんど聞き取れないほど小さな声でつけ加えた。「父には払いきれなかったでしようけれど」

「往復の航空運賃も出してあげたかったんだが」ビダスは言い、しかしそれはぶしつけなことなので、自分から言い出すことができなかったのだと説明した。「もし君にそのお金を渡したら、お父さんに受け取ってもらえたかな？」

「私がちゃんとしておいたわ、ダーリン」ジュディはほほ笑んだ。「そして、受け取るべきだと父を説得したの」

「いい子だ。それを聞いて安心したよ」

父が帰ったあと、朝、ビダスより少し前に階下に下りるようになったジュディは、そのことを夫が変に思わないかと気になっていた。以前、二人はいつもいっしょに階下に行っていたのに、最近は、レダかスピロスがホールのテーブルに置く郵便物を調べるために、夫より先に下りて行かなければならないのだ。ビダスは何も言わず、その変化について、べつに気にしている様子もなかった。それにしてもジュディは、自分のしなければならないことに、かすかな胸の痛みを感じないわけにはいかなかった。連れだって階下に下りて来ることは、いかにもたあいないことではあったけれど、二人にとって大きな幸せの一部だったのだ。いっしょにいられるときは、二人は決してお互いに離れようとはしなかった。ときにはビダスが仕事をすることもあったが、それを除けば、彼とジュディは四六時中いっしょだった。

とうとうハンナの手紙が届いたとき、ジュディはただそれを見つめるだけで、触れることすらできなかった。この手紙が来ることは確実だったのに、ほとんど無意識のうちに、ジュディは、それが来ないだろうと決めてかかっていたようだった。のろのろと手を伸ばして手紙を取り上げ、その中に恐ろしいものが入っているかのように、ジュディは表書きの筆跡をじっと見つめた。

夫がシャワーを浴びている間に書斎に入ったとき、ジュディはまったく冷静そのものだった。タイプライターの前に座り、ビダスのサインがしてある便せんをはさみ込み……。タイプされた手紙を読み返しながら、ジュディは考える——こんな手紙を受け取ったら、どんな女性でも二度と手紙を書こうとはしないだろう。封筒をタイプし、その中に手紙を入れた。

ハンナが二度と手紙を寄越さないだろうと確信してはいたものの、それから三週間、ジュディは手紙の中にハンナの筆跡がありはしないかと、注意を怠らなかった。三週間目が過ぎようとしたとき、ジュディはようやく救われたような気がした。この計画は効を奏したのだ。ビダスが傷つく心配はなくなったし、ジュディ自身もそうだった。

ハンナはどう思っているのだろう？　ジュディはしばらくそのことを考えていたけれど、じきにハンナのことは気にならなくなった。手紙を横取りし、夫を傷つけないための唯一の手段として、偽の手紙を書く——そのことに関しては、うしろめたさも後悔も感じていなかった。ビダスはジュディの夫であり、夫を傷つけないためならどんなことでもしようと心に誓ったのだから。夫を守った——ジュディはただ、自分の成功に対する勝利感を覚えただけだった。

それに続く二週間は、この上なく美しく、平和に満ちあふれていた。二人は海で泳ぎ、太陽を浴び、レストランやビラですばらしい料理を味わい、指をからませて木陰を散歩した。ジュディはときどき、ふっと耐え難い恐怖にとらえられ、夫の体になんらかの変化が出てきたのではないかと心配しながら、じっと夫を見つめることがあった。そんなときジュディは、心の中で悲嘆にくれてつぶやくのだった。

「私には耐えられない。もし彼が苦しむとしたら、そんな彼を見てはいられないだろう」

最期のときが来る前に、ビダスはジュディに打ち明けるだろうか？　前にも同じことを自問したことがあったけれど、そのときは、彼が最後まで何も言わないだろうと思った。でも今は――もし彼の病気が重くなり、ベッドに横たわらなければならなくなったら――彼が黙っていられるとは思えない。

「ジュディ」どんなに陽気に振舞おうとしても、いつの間にかこういった暗い考えが頭を占領し、つい沈みがちになってしまうある日、ビダスが言った。

「いったいどうしたの？　とても具合が悪そうだよ」

ビダスの心配そうな声にはっと気を取り直し、ジュディはなんとか明るい表情をつくろうとした。

「いいえ、なんでもないの」

「何か考えごとをしていたんだね？　お父さんのこと？」

ビダスの推量にほっとして、ジュディはうなずいた。でも首を振っただけで、声に出してうそをつくことはできなかった。やがて楽しそうな表情を取り戻したジュディを、彼はそれ以上せんさくしようとはしなかった。

次の日、ビダスは妻に、三時間ほど仕事をしなければならないと言った。

「いっしょに来て手伝いたいという気持は嬉しいが、この仕事は一人でしなければならないんだ。残念だけれど、わかってくれるね？　君に手伝ってもらうことはないし、すてきな奥さんがそばにいると、気が散って集中できなくなりそうだから」

「わかったわ、ダーリン。それにしても三時間は長すぎやしない？」

「今日と明日の二日間だけだ。そのあと、今週はずっと君といられると思うよ」

庭に出て座り、ジュディは本を読もうとしたけれど、そんな気分になれないまま、椅子のかたわらの草の上に閉じた本を置いた。ちょうどそのとき、あたりに人がいないかと見回しながら、レダが妙にこそこそした様子でジュディの方にやって来た。

「ミセス・テロン」レダが小声で言った。「女の方がここに――タクシーで玄関まで来て、ミスター・テロンにお会いしたいと。でも、名前をきいて変に思いました。その人、ジュディ・ランハムと言いました。奥さまと同じランハムです。あのレディーはきっといい人じゃありませんね。悪い人だと目つきでわかるんです。私は……奥さま、どうかなさいましたか?」

どうして立ち上がることができたのか、ジュディにはわからなかった。なぜなら、両足が今にもくずおれそうに震えていたのだから。ジュディの顔は青ざめ、心臓が狂ったように高鳴っている。

「その方、今どちらに?」

「サロンです。ミスター・テロンの書斎から遠いですから。まず奥さまにお知らせしなければと思いました。なぜなら……」言葉に詰まって、レダは胸に手を当てた。「あのレディーがここに来たのは、不吉なことだと思いました。ですからまず奥さまのお耳に入れようと……」

「ありがとう、レダ……」でも、それだからといってどうなることでもないのだ。ふらふらと、ジュディは家の方に歩いて行き、正面のドアから中に入ると、サロンの外でしばらく立ち止まっていた。夫になるはずだった男性を横取りされたと思っている女性に、いったいどんなあいさつをしたらいいのだ?自分がここにいるのを見て、ハンナはどんなにびっくりし、面くらうだろうと思いながら、ジュディはようやくドアをあけ、中に入った。しかし、驚いたのはハンナではなく、ジュディのほうだった。ハンナは唇を引き締め、厳しい目つきでジュディを見つめるだけで、とっさにジュディは、ハンナが事実を

「驚くですって？　いいえ、私は驚いてなんかいないわ。でも、あなたに会いに来たわけじゃないのよ。ビダスは……あなたのご主人はどこなの？」ハンナはこの言葉を吐き捨てるように言い、部屋の中ほどにいたジュディは、無意識のうちに一歩引き下がった。

「ビダスは仕事をしているから、邪魔することはできないわ」喉が詰まって、ほとんど声が出なくなり、ジュディはそこでいったん口をつぐんだ。「ビダスのことであなたに話さなければならないことがあるの。私たち、お互いに愛し合っているのよ」

「愛ですって？」少しも楽しそうではない、不快な笑い声が部屋に響き渡り、ジュディは身の縮むような思いでドアの方を見た。「へえ、愛ね！　都合のいい言葉だわ！」ハンナの顔には、露骨ないら立ちと険悪な憎しみがはっきりと刻まれている。「あなたは本当に、そんなぺてんを続けられると思っていたは本当に、

知っているのだという感じを受けた。

「ハンナ、私……」

「どこなの？」ハンナは声を荒らげはしなかったが、脅すような声でジュディをさえぎった。「ビダスはどこ？」

どうしてハンナが来ることを、父は知らせてくれなかったのだろう？　ジュディは唇をなめる。ほんの一行か二行、手紙に書いてくれればすむことなのに？〈おまえもミス・スミスを覚えているだろうが、彼女がギリシアに行くという話を聞いた〉たとえビダスがこれを読んだとしても、この文章にもっともらしい説明をつけることは、ジュディにとって難しいことではなかっただろう。父はたぶん、ハンナがここに来ることを知らなかったのだ。

「こんな所で私と会ったこと、少しも驚いていないのね」ショックから立ち直る時間をかせぎながら、ジュディは言った。

たの？　私がイギリスに帰って来たとき、ビダスと結婚するつもりだったことはよく知っていたでしょう？　それなのに、私のいないのをいいことに、彼から取れるだけのものを手に入れて、私がイギリスに帰る前に逃げ出すつもりだったのよ、どう、図星でしょう？」

ジュディはつばをのみ、しかしハンナの言葉は聞き流した。

「私がビダスと結婚したこと、どうしてあなたにわかったの？」

「あなたのお父さんのおかげよ」

「父が？」

「彼はそういったことに頭が働かないのよ、あなたもそうだけど。まったく初心な二人が手を組んで、そんなたくらみをやり通せると思うなんて、お笑いだわ。ええ、そうよジュディ、彼にお礼を言ったら？　あなたのお父さんに頼んで一ポンド紙幣をくずしてもらったら、その小銭の中に外国のコインがあるのを見つけたのよ、ギリシアのね」ハンナは何歩かジュディに詰め寄った。ジュディは青ざめ、震えながら後退しようとしたけれど、足に根が生えたようで身動きもできない。「母が言っていたけれど、彼が一週間も出掛けていたのに、その間ずっと音沙汰はなかったし、到着したとか、イギリス北部にいる娘と会って楽しんでいるとか、そんなことを知らせるだけの葉書も寄越さなかったんですってね」

ハンナの剣幕に圧倒され、その場に凍りついたように立ちすくんでいるジュディの方に、ハンナはもう一歩詰め寄った。この差し迫った状態にいる今でさえ、愛するビダスがこの女性と結婚しなかったことに、一瞬、ジュディは感謝したのだった。「それにあなたのお父さん、たったの一週間にしてはかなり日に焼けていたわ、イギリスの天気では絶対にああはならないでしょうね。その上、母が出掛けると彼がこそこそとうろつき回るって、母がぐちをこぼしていたわ。私の手紙を入れてある引き出しを探るとかなんとか――手紙の上にのせておいた領収書が落ちていたのでわかったらしいけど。色々考えあわせてみると、そこに何か重要なことが隠されているようだと感じて、そのときふいに、ビダスからの手紙におかしなところがあるとひらめいたのよ。たまたまその手紙は取ってあったから、もう一度出してみたわ。タイプされた手紙――甥の命の恩人としてあれほど感謝している女性に出す手紙を、ビダスはタイプするかしら？　そのことについてよく考えてみると、手紙をタイプするなんて、まったく彼らしくないと思いあたったのよ。以前の彼は肉筆で手紙を寄越したわ。それに、言い回しが変だった」

ハンナはそこで言葉を切り、さげすむように唇をゆがめる。「ええ、いくらでも震えるがいいわ。でも、私がビダスに会って、あなたたち親子にどんなにだまされていたかを話したら、ビダスはかんかんになるでしょうね。そのときのあなたの苦境は、今くらいじゃ済まなくなるわ。ところで、ビルはいくらか分け前をもらうの？　手数料？　それとも歩合で？」ジュディは恐ろしさに唇を震わせ、口もきけなかった。ハンナは続ける。「あの手紙の言い回しのことだけど――もちろん覚えているでしょう？　あなたが書いたんですもの」

ジュディはずっと黙り込んでいた。ハンナにあきらめさせるために、わざとよそよそしい調子で書いたあの手紙の内容を、ジュディはよく覚えている――でも、その考えは甘かったのだ。

「ビダスのことで、あなたに話したいことがあるの」ジュディはようやく口を開いたけれど、すぐにハンナにさえぎられた。

「〈私は結婚したので、これ以上あなたと文通を続けることはできないし、それが無意味なことだとご理解いただけると思います〉――結婚したですって？　なんて不自然なことだろうと、私はそのとき感じたわ。結婚した……」ハンナはまた一歩前に進み、今、二人はほとんど触れ合わんばかりに近づいていた。「そんなに急に結婚するなんて、いったい相手はだれなのだろう――あなたのお父さんに、イギリス北部にいるというあなたの住所をきいてはぐらかされたとき、私は疑い始めたわ。手紙には、私のしたことに対するお礼がもう一度書いてあったけれど、何度も繰り返して感謝していた人が書いたにしては、すべてがあまりにもぞんざいで、唐突だった。私にはぴんときたのよ、ビダスがイギリスに来たに違いないって。そしてあなたのお父さんが、私が帰って来ることを知らせにギリシアに行ったってことも。だって、ビダスが読むかもしれない手紙の中に、そんなことを書くのは危険ですものね。それで、彼が結婚した相手があなたかどうか、この目で確かめようと思ったわけ」ハンナの目には激しい怒りが燃えている。「だから、わざわざここまで調べに来ることにしたのよ。でも、そのことはあなたのお父さんには言わなかったわ。言うものですか。またあなたに知らせるに決まっているんだから！　あの手紙のサイン、あなたが彼の筆跡をまねて書いたんでしょう？　結婚証明書にするサインも私のをまねしたように？」

頭が混乱し、サインのことなど説明する気もないまま、ジュディはぼんやりと頭を振った。ハンナは、驚くほど正確に、すべての断片をつなぎ合わせたのだ――ギリシアのコインを渡した、父のうかつな行為からすべてを。確かにハンナは抜け目がない。ジュディやビルなんかよりはるかに頭が働くのだ。

「彼はどこ？」妙に穏やかなハンナの声に、ジュディはびくっとして顔を上げた。「さっき、彼が仕事をしているから邪魔はできないと言ったわね。でも、もし今すぐ彼を連れて来なかったら、私が廊下に出て行って彼を呼ぶわ」

せめていくらかでもハンナから離れようと、話し始める前に、ジュディは部屋の隅の方に何歩か歩いた。その声は低く、哀願するようだった。

「いくつかのことを説明するまで、そんなことはしないで、ハンナ。ビダスがなぜあなたに結婚を申し込んだのか、わかる？　このプロポーズには何か謎めいたものがあるって、私たちが話し合ったことを覚えているでしょう？」

「覚えているわ。なぜなの？」

ジュディは震えながら息を吸い込む。

「ビダスには六カ月の命しか残されていなかった。だから、彼は財産をあなたに遺したかったのよ」

「六カ月！」ハンナはまじまじとジュディを見つめた。「どうしてそんなことがわかったの？　ビダスがそう言ったの？」

「いいえ、ビダスは言わなかったわ」ジュディはそれからしばらくの間、ハンナにすべてのいきさつを話した。二人がどんなに深く愛し合っているかということ、そして、ビダスにはあともうわずかな命しか残されていないということも。

「あなたがイギリスに帰って来てビダスに手紙を書くつもりだということを、父が知らせに来たとき」まだいくらか茫然として、しかし明らかに怒りに燃え、よそよそしく黙り込んでいるハンナに、ジュディは言葉を続けた。「私、夫を傷つけないためにはどんなことでもしようと心に誓ったわ。そして、あなたに手紙を書くという考えが頭に浮かんだので、それを実行したのよ」ジュディは話した――ビダスには黙って、このまま帰ってほしいと、そして彼が妻に遺す財産は、すべてハンナに譲り渡すと。「あなたが受け取るべきだということはわかっているわ」ジュディは認め、澄んだ瞳でハンナの視線を受けとめた。「私を信じて、ハンナ。お金は間違いなくあなたのものよ。ビダスが結婚するつもりだった人はあなたなんですもの」心から出た、その偽りのない約束の言葉に、ハンナがまったく耳を貸さないのに気づいて、ジュディは不安にかられて口をつぐんだ。ハンナは怒りに顔を赤くして部屋の中を歩き回り、今にもヒステリーを爆発させるところだった。

「六カ月！　六カ月の命だなんて！　撮影に出掛ける前にそのことを知っていたら！　六カ月たてば財産が転がり込むってこと、なぜデビッドは私に教えなかったの？　なぜ……なぜなの？」ハンナがだれにともなくののしるのを、ジュディはただ、身のすくむ思いで見つめた。「どうしてデビッドは私には言わないであなただけに教えたの？　ああ、殺してやりたいわ！　そんなことをあなただけに教えるなんて！　なんて人なの」

「ハンナ」ジュディは義姉をさえぎる。「お金のことはどうでもいいことよ。私は欲しくないの。本当にあなたのものだって言ったでしょう？」

「お金が欲しくない？　あなた、それを私に渡すと言っているの？」

「そのとおりよ」

ハンナは疑わしそうに目を細めた。

「私にそれを信じろと？　彼を愛しているから、口止め料として彼の財産を寄越すというわけ？　私がそれほど間抜けだと思っているの？」ハンナの顔は紫色に近い色に染まり、心の中に荒れ狂う怒りにかられてこぶしを握り締めていた。「みすみすチャンスを逃したなんて！　六カ月だけ我慢すればよかったのに……六カ月！　考えるだけで腹が立つわ」

こみあげる怒りに、ジュディの頬から血の気が引いてゆき、夫の幸せを守るためにはどんな雑言にも耐えようと思っていたことも忘れ、彼女はハンナの方に向き直った。

「よくそんな言い方ができるものね！　あなたには感情や思いやりがないの？　ビダスは若くてたくましく、病気だなんてとても考えられないくらいなのよ。それに自分が死に近づいていることを知ってるわ。それなのに、お金のことしか考えないなんて。財産はあなたのものだって、さっきから言っているでしょう？　私は夫を愛しているわ。そして彼がいなくなったとき、私にとってすべてが無意味になってしまうのよ。私は生き残るでしょう。でも、それは本当の命ではないわ。どっちみち、私にはお金なんか必要じゃなくなる――ああ、そんなことを話しているのではなかったわね――とにかく、財産はあなたのものよ。どうかここから出て行って、私たちをそっとしておいてちょうだい！」自分が声を荒らげているのに気づいて、ジュディは再び、びくびくしたように、ドアの方を見やった。「出て行って、どうお願い、もしあなたに少しでも心があったら、どうかここから出て行って！」

長い沈黙が続いたあと、ハンナは、ジュディのすべての希望を打ち砕いた。

「もしあなたの言うことを信じられたら、私は出て行ってもいいけれど、でも信じられないわ。そんな財産を投げ出すほどのお人好しがどこにいるっていうの？　あなたはお金目当てで彼と結婚した。そうよ、それを否定しようとあれこれ言い訳することはないわ。あなたのお父さんがそそのかしたんでしょう！」ハンナは言葉を切り、急に何か思いついたように目を細めた。「ビダスをここに呼んで」ハンナは冷淡な命令口調で言った。「あなたに約束してもらうより、本人から約束をとりつけたほうが確実だわ。彼が遺書を書き換えることを確かめたいの。あなたも言ったけれど、彼は私に財産を遺したかったのよ。だから、あなたの裏切りを知ったらすぐ、彼は遺言状からあなたの名前を抹殺するに決まっているわ」

ビダスのことをこのようにしか考えないハンナの態度に、ジュディは胸が悪くなった。ここまで欲得ずくになれる人が、これほど優しみのない人が、いるものだろうか？

「ハンナ、お願い、私を信じて。ビダスと私がお互いに愛し合っていると言ったのは本当よ。私たちが結婚してから、ビダスは幸せだった、とても幸せだったわ。そして彼には……彼にはあまり時間が残されていないのよ」涙がこぼれ、ジュディは頬を手でぬぐう。「私のことを彼に話したところで、あなたにはなんの得にもならないわ、すべてをあなたに渡すと約束したんですもの」

「信じやしないわ！」ハンナは激昂して口をはさんだ。「私にはその財産をふいにするつもりはないし、あなただってそうでしょう？　ビダスに会って、彼の甥を救ったのはこの私だって言うわ。そしてそのお返しを受け取るのよ！　あなたを信じろですって？　まさか！」ジュディは、ドアの方に行こうとするハンナの腕をつかんだ。

「やめて、彼を傷つけるようなことはさせないわ！」腕を振りほどいてドアの方に行き、ハンナは勢いよくドアをあけた。「お願いよ、ハンナ、すべてを告白して、ちゃんと文章にしてもいいわ。あなたのいいようにするから。どうかこのまま帰って」

ジュディは涙にくれて震えていた。「どう言ったら信じてもらえるの？」しかしハンナはドアのノブをつかんだままこう言った。

「もうこれ以上だまされやしないわ。ビダスが死ぬまで私が身を隠していれば、思うつぼなんでしょう？　あとになってあなたは、約束なんてしなかった、財産は自分のものだと言い出すに決まっているわ」ハンナはびっくりしたような顔をして、ふっと口をつぐむ――白いシャツと茶色のデニムをさりげなく着、健康そのものといったように日に焼けて背の高いビダスが、ドアの方にやって来たのだった。

「あ、あなたがビダス？」ハンナは自分の目を疑うように、口ごもった。こんな魅力的な男性だったとは、まったく予想もしていなかったに違いない。

「ビダス」まだひどく青ざめてはいたけれど、新たな勇気が与えられたように、ジュディは今、落ち着いていた。「私の義理の姉です……海であなたの甥のダボスを救った……そしてあなたがプロポーズなさった……」この言葉に、夫がどれほどショックを受けたか確かめようともしないで、ジュディは彼の前を通り抜け、二階のベッドルームに上がって行った。

8

日没の微風はなぎ、花の香りに満たされた庭と、丘の中腹に段々になったオリーブ畑の上を、ベルベットのカーテンが下りるように、紫の宵闇（よいやみ）が覆ってゆく。色も形もぼんやりと霞んだタペストリーを背景に、邸宅（ビラ）がシルエットとなって浮かび上がり、いくつかの窓から明るい光があふれていた。ジュディとビダスは夕食前の散歩をしてきたところで、庭に着いたとき、ビダスは小さなため息をもらした。

「愛しているわ」ジュディの震える声に、ビダスからはなんの答えも返ってこなかった。「そのことをあなたに信じてもらえたら」

「それはとても無理だ」乱暴ではないけれどそっけ

ない声で、ビダスが言った。「君がなぜ僕と結婚したのか、そして僕がなぜそうしたのか、お互いに知っているんだ。ごまかしはやめて、その真実を見つめながら続けるしかない。君自身も認めたように、最初、君はお金のことしか考えなかったんだ」

「ええ、最初は。あなたには正直に言うしかないわ」今にもあふれそうな涙を、目をまたたいて隠し、ジュディは声を詰まらせた。苦悩に満ちたあの光景がよみがえる――ビダスがベッドルームに上がって来て、ジュディにすべての説明を求め、その間、彼は嘆きも怒りもしなかった。深い苦しみをたたえた声を聞き、魅力的なグレイの瞳で見つめられるより、そうされたほうがどれほどましだったことだろう。

ビダスはジュディに、結婚を決心したとき、財産のことが頭にあったかどうか尋ね、ジュディはうそをつくことができずにそれを認めた。ほんの一瞬にせよ、そのことを考えたのだから。「愛しているわ、ビダス。本当よ！　あなたは、私たちの愛は奇跡のようだと言ったけど、それは真実だわ！」

「君は優しくしてくれた。でも正直になるんだ。君は本当に僕を愛しているわけではない」

門をあける彼のそばで、ジュディは立ち止まった。

「信じて下さらないのなら」彼女は疲れたように言う。この二日間、自分の愛を信じてもらおうと、あらゆる努力をしてきたのだから――。「これ以上、私にはどうすることもできないわ」

門の錠を下ろしながら、ビダスはまた、尋ねるようなまなざしを妻に向けた。「女性が、特に君みたいな女性が、僕の置かれた立場に同情を感じなかったとは言いきれない」

ジュディは反対しようと口を開きかけたけれど、思い直した。あまりにも多くの偽りがあったことを認めないわけにはいかなかった。お金のことばかりでなく、ハンナからの手紙を横取りしたこと、彼のサインした便せんを台無しにしてしまったとうそをついたこと。ビダスは、ビルがここにやって来たこと、そのとき流したジュディの涙のことについても問いただした。あまりにも多くのうそを言わなければならなかった。そしてビダスは、ハンナの訪問以来、すべての偽りを知ってしまったのだ。あのときビダスが、人を傷つけることになると知りながらやって来たハンナを責め、すぐに追い返してしまったことも、ジュディにとって慰めにはならなかった。彼はハンナに、妻の偽りを知らないままでいたかったと言い、あとになって夫からそのことを聞かされたとき、ジュディはひどく苦しんだのだった。

ひっそりと夕食をとり、そのあとビダスは書斎に入った。ジュディはサロンに座ってもの思いに沈み、ハンナをもう少し向こうに引き止めてくれなかった運命をのろった。

その夜、眠れぬままに夫の隣に横たわりながら、これから先、再び安らかに眠ることがあるだろうかと自問していた。ジュディの心は激しい苦悩に責めさいなまれていた。夫を傷つけたことに対する苦しみに加えて、時間という車が、不気味に迫ってくる孤独な日々に、情け容赦なくジュディを運んで行くという、拷問のような苦悩に。

ビダスが隣で体を動かし、すべての悩みと心の傷を忘れた眠りの中で、ジュディの体にそっと腕を回し、胸に寄り添ってくる。おやすみのキスをしてビダスが眠りについたとき、熱い涙がジュディの頬を伝い、何時間かたった今も、まだ枕は濡れていた。

翌日は、パントクラトールの山頂に登ることにしていたので早起きをし、スパルティラに向かって東の方に車を走らせ、そこで車を降りて二人は小路に入った。こんなふうにして歩くとき、以前ならビダスはずっとジュディの手を放そうとはしなかったのに、今日はまったく愛のこもったしぐさは見せない。

しばらくしてジュディは、彼の厳しい横顔を見上げ、震えるようなため息をもらした。今のビダスは殻に閉じこもってしまったようで、何か話すときの声には抑揚がなく、ひどくそっけなかった。ジュディが最初から彼を愛し続けてきたこと、それが決して憐れみではないことを、どうしたら彼にわかってもらえるのだろう？　自分の運命を受け入れている彼のような男性にとって、憐れみにはまったく我慢ができないに違いない。

　二人は黙り込んで歩き続ける。言葉など入り込むすきのないほどに深く結びついた者同士の沈黙ではなく、ビダスが考えに閉じこもり、ジュディのほうは、今まで彼らのものだった睦まじさを取り戻せないという空しいあきらめの沈黙だった。

「オリーブの木がずいぶんたくさんあるのね」しばらくの間立ち止まって、青々と茂ったオリーブの、目にしみる緑を見渡しながら、ジュディがつぶやく。

「ギリシアの島々の中では、ここのオリーブが一番品質がいいんだ。島の人たちはそのことを誇りにしている。ベネチア人がこの島を占領していた時代、オリーブの栽培をする人に補助金を出したから、こんなにもオリーブ畑が多いんだ」

「なにか――そう、厳粛な感じを受けるわ。あんなに実り豊かで」

「まったくそうだ。それに、オリーブはとても長命なんだ。あそこにあるねじれたような木を見てごらん」そう言いながら、彼は手を上げて指さした。ブロンズ色に日焼けした毛深い腕が、ジュディの頬をさっとかすめる。オリーブの方を見ていたビダスは首をめぐらし、熱望にうるみ、大きく見開かれたジュディの瞳を見下ろした。もちろん、ビダスは感じたに違いない――荒々しく彼に抱かれたいという、ジュディのあこがれを。ビダスは頭を振る。次の瞬間、ジュディはビダスの腕の中にいた。太陽が照り輝く山腹の、現実感のない静けさの中に立ち、彼はしっかりと妻をかき抱いた。小鳥がさえずり、羽をはばたかせ、どこか遠くから、羊のつけた鈴の音がかすかに聞こえてくる。「僕のジュディ」強靭な性格にはまったくそぐわない、かすれたような声で彼はささやいた。「どうして彼女はここに来なければならなかったんだ？　なぜ僕を知らないままに放っておいてくれなかった？」ジュディの腕をつかんだまま体を離し、美しい顔を心に焼きつけようとするかのように、ビダスはじっと妻を見つめた。気品ある頬の線、透き通った桃のような素肌。太陽の光を受けて琥珀色にきらめく髪は、西風にもてあそばれてかすかに揺れている。

「さあ、行こう」ジュディの腕を放してビダスが言った。「この山を登るのには二時間くらいかかる。大丈夫？」

「もちろんよ」そして、彼の手に恐る恐る自分の手をすべり込ませた。もし彼に押しのけられたら？　不安な一瞬が過ぎる。ビダスの手がこわばり、ジュディは苦い失望をかみしめながら、自分が余計なことをしてしまったことを思い知らされた。

彼はかたくなな態度で手を引っ込めた。

ジュディは今にもあふれそうな涙をどうやらこらえ、二人は押し黙ったまま、頂上まで歩いた。

「ああ、ビダス」頂上に着いたとき、ジュディは思わず声をあげた。「なんてきれいなの！」

「本当にすばらしい」そこからは島全体を見渡すことができ、もやのかかったブルーの海の向こうに、アルバニアの海岸が見えていた。

「あれは？」ジュディは東の方を指さして尋ねた。

「エピルス。ギリシアの山岳地帯で、あそこには素朴な村がいくつもある。きっと気に入ると思うよ」

しかしビダスは、そこに行ってみようとは言わない。あとわずかしか時間は残されていないのだ……。

「何か食べるものを用意してくれればよかったわね」山を下り始めたとき、ジュディが言った。「そうすれば、もう少し頂上にいられたでしょう？」

「お腹がすいた？」心配そうに彼がきく。

「いいえ、ただそう思っただけ」

ビダスは空を見上げた。エピルス高原の上あたりに、じっと動かない積雲が見え、海と空、そして長い年月を経た山々が連なり、それは雄大なパノラマだった。世界には見るものが、そして探検するものがまだまだたくさんある――絶えず美しい景色に目をさまよわせているビダスを見ながら、ジュディは考えていた――見るべきものがあまりにも多く、しかも時間は少ない。ビダスはそのことを考えているのだろうか？ ジュディの胸に切ない愛がこみあげてくる。夫を抱き締め、キスをし、その心を占領しているすべての苦しみを忘れさせてあげられたら！ハンナが現れるまで、彼は残された人生の一瞬一瞬を生き、とても幸せそうだった。くよくよと思い悩むこともなかったし、運命を恨むこともなかった。彼には心静かなあきらめといったものがあって、その態度の中に、本来彼にそなわっている芯の強さがはっきりと表れていた。人生の最後になって欠けるところのない幸せを見出し、そのために彼は感謝の念に満たされていたのだ。そして今、その幸せは去った。彼が完全に不幸だというわけではないのはジュディにもわかっていた。でも、二人の結びつきの完璧さは、もはや失われたのだ。

「山を下りたらお昼にしよう。とても美しい庭のある、小さなレストランがあるんだ。おいしい魚料理とサラダがあるし、いろいろな果物も食べられる」

ずんぐりした体つきのコルフ人で、愛想のいいその店の主人は、彼らがメニューを見ている間、白いふきんで、テーブルの上からせわしなくパンくず――本当はそんなものは落ちていなかったが――を払っていた。

「魚料理にしよう、スピロス」ジュディと相談してからビダスが言った。「あとは君に任せるよ」

「かしこまりました、とびきりの料理を味わっていただきますよ」

「なぜスピロスという名前の人がこんなに多いの？　どこに行っても必ずスピロスという人がいるわ」

「どの家族にも一人はスピロスという名の人がいるんだ。この島の守護聖人が、聖スピリドンという名前だから、子どもにその名前をつけたがる親が多い。従ってスピロスがどこにでもいることになる」ビダスが黙り込んだとき、ジュディはあたりを見回した。例によってテーブルは戸外にあり、日よけのための格子棚にぶどうのつるがからまり、青々と茂った葉の間から、きらめく太陽の滴が所々に落ちている。庭にはあふれんばかりに花が咲き乱れ、ブーゲンビリアがベランダの柱に這いのぼっていた。ざくろの木が深紅の花を太陽に向かって差し伸べ、きょうちくとうがピンクと白に燃え立ち、庭を囲んでいる糸杉とレモンの木が、深い緑の背景となって、西から吹く微風をさえぎっていた。

「聖スピリドンのことを話して」その声に、ビダスはジュディの方に注意を向けた。なんと魅惑的な男性だろう！　しっかりした顎の線、メタリックグレイの瞳をした彼は、はっと思わせるほど、ハンサムだった。思わずうっとりと夫を見つめ、胸のときめきに頬を染めたジュディに、ビダスはいぶかしげに眉を上げた。彼女はもう一度、この島の守護聖人について話してほしいと夫に頼んだ。

「彼はキプロスの司教で、生きている間は一度もコルフを訪れたことはなかったんだ。彼の死後、遺体がコンスタンチノープルからここに運ばれて来たとき、さまざまな奇跡が起こったと言われている。彼はこの島をききんから救い、ヨーロッパ中を見舞った疫病を食い止めたんだ。そして――」ビダスは考え込むように眉をひそめた。「あとなんだったかな?」ビダスは答えを求めるようにジュディを見つめ、ハンナの訪問以来初めて、彼の瞳に楽しそうな光がきらめいた。「トルコから島を守ったと思うけれど――ああ、そうだ、トルコ人を撃退したんだった、今思い出したよ」

「そういった奇跡が彼の死後に起きたというの? みんながそんなことを信じているわけではないんでしょう?」

「昔からずっと、島の人たちはそう信じてきた。そして一年に四回、彼の遺体が教会から出され、町を練り歩くんだ。その教会は、なんらかの形でその聖人の恩恵を受けた人たちから捧げられた宝物であふれている」六百年も昔の遺体が町をパレードすると聞かされて、ぞっとしたように眉をひそめたジュディを見て、ビダスは笑った。

「悪趣味だわ!」ジュディは声をあげ、スピロスが料理を運んで来たとき、ビダスは「しいっ」と言って彼女を黙らせた。スピロスに聞こえたら、せっかく上機嫌な彼の気分をそこねることになるというのだった。「あなたは信じているの?」スピロスが行ってしまってからジュディがきいた。

「いや、僕は信じないね。ほとんどの人は信じているが……。でも気をつけなきゃいけないよ、ジュディ。信心深いギリシア人たちは、聖人をこの上なく大切に思っているのだから」それからビダスは、ギリシア人たちが教会の聖像に長い列をつくり、その像に唇をつけるということを話して聞かせた。聖スピリドンを例に取ると、人々は彼の足にキスをするのだそうだ。ジュディが顔をしかめるのに気づいたビダスは、すぐに「ガラス越しにね」と、笑いながらつけ加えた。彼の瞳はほんの一瞬、ハンナの訪問の前の、あの懐かしい優しさをたたえたように見えた——楽しそうな、かすかにからかうような光を交えた優しさを。ジュディも彼といっしょに笑い、その日は、今までの日々よりはるかに楽しく過ぎていった。二人の間に親しみが戻ったのだろうか？　夫が奇跡になぞらえた、あの親密さを取り戻したのだろうか？

昼食のあと、二人は家に寄って水着を取り、その午後をずっと砂浜で太陽を浴び、澄みきった温かい海で泳いで過ごした。かすかに風が吹き、岸に打ち寄せる波頭を白く泡立たせた。サファイア色の空は、東の空にレースのように浮かぶ、黄金の光を帯びた一条の筋雲があるほかは、まったく晴れ渡っていた。

「お茶を飲みたくない？」頭の後ろに手を組んで砂の上に寝そべっていたビダスは、そう言いながら体をねじり、空から降りそそぐ太陽でいっそう日焼けした妻の体に視線を走らせた。

「賛成だわ。ここのカフェで？」

ビダスはうなずき、二人は立ち上がる。タオルを取り上げて、ビダスはジュディの髪をふいてくれた。そのしぐさは以前のように優しく、ジュディは自分を抑えきれなくなって夫の胸に手を押し当て、背伸びをしてその唇にキスをする。ビダスは体を硬くし、砂の上にタオルを落とした。それからビーチローブを取り、トランクスの上から羽織った。喉にこみあげてくる苦い塊をのみ込み、ジュディもローブを羽織ってタオルを拾い上げた。彼女が髪をとかし終わると、ビダスが次にくしを受け取り、とかし始めた。まだ髪が濡れていたので真っすぐにはならず、先の方がカールして波打っている。彼は何度か髪を真っすぐにしようとしていたけれど、すぐにあきらめてくしを返してよこした。

二人がカフェの方にゆっくりと歩いて行くときも、やはり彼は妻の手を取らなかった。それどころか、二人は少し離れて歩きさえした。ジュディは彼に寄り添いたいと心の底から願っていたけれど、自分からは決してそうすべきではないことも、わかっていた。

9

ビダスは書斎にこもることが多くなり、ジュディは一人で、中庭(パティオ)で本を読んだり、庭で日光浴をしたりしながら、失われた日々をくよくよと思いわずらって過ごすようになった。

ジュディはため息をついてガーデンチェアーの上で体を動かした。それからふっと顔を上げ、不審そうに眉をひそめた——何かあったのかしら？　居間のガラス戸から姿を現したレダは、前にハンナの訪問を知らせに来たときを思い出させるような態度でこっちにやって来ると、不安そうにジュディを見つめた。

「ミセス・テロン」レダは差し迫ったようにささや

き、もう一度あたりを見回した。「男の方が奥さまに伝言を――その方は、ミスター・テロンにも私の主人にも何も言ってはいけないと言いました――奥さま以外にはだれにも」

ジュディは、説明を求めるようにレダの顔をじっと見つめた。

「この伝言を奥さまにお伝えするようにと。その方はお医者さまで、奥さまにとても緊、緊……？」

「緊急？」

「そうです。ミスター・テロンのことで、緊急にお会いしたいと言っていました。奥さまにそのことをお伝えする約束で、その人が私に二百ドラクマくれたんです。主人には内緒にして下さい、お願いします！　主人はこのお金、取り上げるでしょう。私はこれを母のために使いたいのです。母は年をとっていて――」

「スピロスには何も言わないわ」ジュディは震える声でさえぎった。「その方、今どちらに？」

「この紙を……」黒いドレスのポケットから、レダは一枚の紙片を取り出した。「その方がこの番号を書いてくれました、電話をしてほしいそうです」

「その方の名前は？」

「おっしゃいませんでした」その紙片を受け取り、ジュディは食い入るように電話番号を見つめた。医者……どういうことだろう？　「自分は悪い人間ではないから心配しないように、奥さまにそうお伝えするように念を押されました。本当に悪い人には見えませんでした、ミセス・テロン。白髪が多くて、顔つきも上品な人でした」

「その方にどこで会ったの？」自分の顔が青ざめているに違いないと感じながら、ジュディは震えていた。この医者がビダスを知っていることは確かだけれど、彼の主治医の一人ではないらしい。この秘密めいた、異常な連絡方法は、いったい何を意味するのだろう?

「奥さまもご存知のとおり、私は毎日庭で仕事していいます。この男の人、一、二回、前を通って私を見ました。それからしばらくしてまた戻って来て、もう一度見ました。スピロスも庭にいましたけど、その人は主人が家に入るまで待っていたようです。それから、その人、小さな声で言いました。奥さまに伝言を伝えて紙を渡してくれたら、私に二百ドラクマくれると」レダは慎重にまわりを見回す。「私はこれで——スピロスには言わないで下さい」

「もうそのことは約束したわ、ありがとう、レダ」

胸をどきどきさせて、ジュディは長いこと、手に持っている紙片を見つめていた。可能性があるのだろうか……? ジュディは家の中に入り、二階の、結婚する前にビダスが使っていた部屋に行った。しかし受話器を取り上げる前に、ジュディはかなり長い間、ベッドわきのテーブルの上に置いてある電話を見つめていた。

それから五分ほどあと、ジュディは頭のてっぺんからつま先まで震え、額に汗をかき、体中じっとりと冷や汗をかいてベッドに腰かけていた。希望——ビダスがあと五週間しか生きられない今となっては、それは希望といえる。

ビダスが仕事をしなければならないと言って書斎に姿を消すとき、いつもジュディは悲しい思いをした。でも次の日だけは、彼女はそれが待ち遠しかった。朝食が済んでも、彼は立ち去ろうとはせず、パティオに腰を落ち着けたまま、ぼんやりと寂しそうなグレイの瞳で、庭や、遠くの景色を見つめていた。ジュディはやきもきしながら、何度も時計に目をやった。彼は考えている——ジュディにはそれがよくわかる——じきに別れなければならない、このすべての美しさのことを考えているのだ。ジュディはこう叫びたかった。「私の愛するあなた、望みがある少しして、ドクターが車で待っているはずの交差点に、彼女は急いでいた。遠くから車が見えたとき、ほんの少し不安を感じて、ジュディは歩調をゆるめた。これが何かのたくらみだったら？

ジュディが近づいて来るのを見て、その男の人は車から降り、すぐさま彼女は、レダが言ったこと――悪い人には見えない――を思い出しながら胸を撫で下ろした。彼は車のドアをあけて待っていた。豊かな白髪、長いわし鼻の上でつながっている濃い眉。彼が温和で、信頼できる人だということは、一目でわかった。

「ミセス・テロン」ジュディが近くに来たとき、彼が言った。「こんな常識外れな方法を選んだことをお許し下さい。でも、今におわかりいただけると思いますが、こうするしかなかったのです。車に乗っていただけますか？　人の来ない所に行きましょう」

のよ」しかし、そうはしなかった。ドクター・バン・エルデンが、会って話すまでは、夫には何も知らせないようにと言っていたからだった。

「あ、あなた、お仕事をなさらないの？」ジュディはとうとうそう言わなければならなかった。ビダスは驚いたように、頭をびくっと動かした。ジュディは唇をかみ、慌てて言い添える。「早く始めれば、それだけ早く私のそばに来て下さるでしょう？」ビダスは長いこと、彼女をじっと見つめたけれど、その言葉を疑ってはいないことを、ジュディははっきりと感じた。「今週は毎日仕事をしなければならないとおっしゃらなかった？」

「そう、そう言ったね」それだけ言うと、ビダスはパティオに座っている妻のそばを離れ、家の中に入って行った。夫が戻って来るかどうか、しばらく待ったあと、ジュディも家に入り、ベッドルームにカーディガンと小さなハンドバッグを取りに行った。

「ドクター・バン・エルデン——主人の……」突然、結局はビダスに望みがないと宣告されるのではないかと恐ろしくなり、息が詰まって言葉をとぎらせた。

「電話で、主人の病気を治せるとおっしゃいましたわね？」何度かつかえながら、ジュディはようやくそう言い、その様子から、彼女にとって夫がどれほどの意味を持つかということを、ドクターははっきり理解したようだった。ジュディを見つめるドクターの淡いブルーの瞳はきらっと光り、それから優しくなった。そして車に乗るようにうながしながら、彼は親切にジュディに手を貸してくれた。「もし……もし、少しでもチャンスがあるのなら、どうか今すぐそうおっしゃって下さい」自分でも思いがけなかったけれど、ジュディは涙にむせんでいた。

「ごめんなさい……」ドクターも車に乗り、エンジンをかける。

「胸中をお察しします、ミセス・テロン。この大通りからそれて、人に邪魔されずに話せる、静かな所に行きましょう」それからしばらく、ドクターは黙ったまま車を走らせ、ジュディはようやく涙をふいて口を開いた。

「直接夫にではなく、どうして私に？」

「それは、決断を下さなければならないことがあって、その決定をする立場にあるのがあなただからです」簡単にそう答える彼の声には、ほんのかすかではあったがいら立ちが感じられた。車の運転をしている間はあまり話したくないのだろうと察して、ジュディは彼の言葉を反すうしながら黙っていた。決断？　少しでも望みがあるのなら、ただ一つの決断しかないではないか——ジュディは眉をひそめる。なぜドクターはこんなことを言うのだろう？

ドクターは道を曲がり、ほとんど馬が通れるだけの小路に入って、オリーブ林の間の空地に車を止めた。エンジンを切ると、あたりはしんと静まりかえり、ジュディはすぐに、尋ねるようなまなざしをドクターに向ける。

「早く話を聞きたいと思っていらっしゃる、それは当然でしょうね」ドクターは話し始めた。「今お話しします。でも、その前に、私の立場をはっきりさせておきましょう」そして彼は、五年前までは自分の故郷、オランダで仕事をしていたけれど、そのあと、長年の友人である一人の医者といっしょに、極東の未開の島々で何年か医療奉仕をしようということになったのだと説明を続けた。近接している三つの島を選び、そのうちの一つが、ビダスが病院を建設した島だったということだった。

「設備の整った立派な病院だったので、我々はその島を本拠地にしたのです。あなたのご主人の病気は、この三つの島で流行していました。でも、私があそこで働いていたとき、あなたのご主人がその病気にかかっていることは知りませんでした。この病気の解明はひどく厄介で、我々はかなりの研究を続けたあと、ついに有効な薬を発見し、実験段階に入ったのです。そしてようやく、一回の成功例を見ました……」ジュディは、ドクターの瞳に一瞬、勝利の光がきらめき、そしてすぐに消えるのを見た。「当然、我々は気負い立ちました。今まで完治する見込みのなかった病気に、それは効果があったのですから」

ドクターは口をつぐみ、その額に深いしわが刻まれた。「しかし、次に治療を受けた土地の人は死んだのです――我々がどんなに失望したか、あなたにも想像がつくと思います。それから多くの人を治療しましたが、そのほとんどが失敗でした」そこで再び言葉を切り、ドクターは沈痛な表情でゆっくりと首を振った。しっかりと握り締めたこぶしを見下ろし、ジュディはてのひらに冷や汗がにじむのを意識していた。ドクター・バン・エルデンの成功例について聞かされたとき、ジュディが今まで厳しく抑えつけてきた希望が解き放たれ、それは、絶望の暗闇（くらやみ）から、これからずっと夫とともにいられるのだという輝かしい未来に、彼女をさらって行ったのだ。しかし今は……。

「たくさんの人たちを治療なさったのですか？」喉が詰まったように痛み、ジュディはようやくの思いでそう尋ねた。

「三十四人の患者を、この薬で治療してみました」

「成功なさったのは？」

「そのうちの三人」

「三十四人……そして三人が助かった……」ジュディは独り言のようにつぶやく。ビダスには十パーセントのチャンスもないということになる。青ざめ、体の中の血が凍りついてしまったかのように感じながら、ジュディは言った。

「どうして主人のことをお知りになったんですの？」

「島の人たちの話を聞いたのです。それも二週間ほど前のことにすぎません。ご主人の病院で働いていたというのに、我々は彼がその病気にかかっていたことを少しも知りませんでした。でも、たまたまそのことを耳にしたとき、ご主人に残された時間があまりないことを知って、我々はすぐさま行動に移ったのです。すぐにオランダにいる仲間の医者に依頼して、必要なことはすべて調査しました。彼らはあなたのご主人の主治医に連絡を取ったのですが、ミスター・テロンをそのままにしておいてほしいと言われたのです。我々の成功は、彼らには少しも理解されなかったのでしょう。あなたのご主人が電話で、天使のような女性と結婚したと主治医に話したそうです」そう言ってから、ドクターは横目でちらっとジュディを見た。かすかに赤くなりながら、彼女は話を続けるようにドクターをうながす。「ミスター・テロンはとても幸せな結婚をしたので、残された命を、このままの状態にそっとしておいてあげるのが一番良いことだと、ご主人の主治医たちは考えたようです。そして彼らは、その幸せを妨害するのは酷なことだと主張しました。お二人から、六、七週間の幸せを取り上げることになるだけだと言うのです」

「このことを――」ジュディが話そうとしたとき、ドクターがさえぎった。

「ミセス・テロン、まず、すべてを打ち明けて下さいませんか？　あなたはイギリスの方のようですね……それに、ご主人の病気を悲しんでおられるのとまたべつの苦しみが、あなたにはあるように感じられるのですが。ご主人とはどのようなきっかけでお会いになったのです？」

ジュディは一瞬迷ったけれど、すぐに、何もかも話してしまいたいという衝動にかられて、ドクターにすべての成り行きを打ち明けた。ハンナに来たプロポーズの手紙を読んだときのことから、義理の姉にすべてを暴露されたことまで。そして、そのために、ビダスと自分との間に深い溝ができてしまったことも。ドクターの表情は、驚きから同情へと変化していった。ジュディは最後に、自分が夫を愛しているのに、彼には信じてもらえないこと、彼はそれを憐れみと思い込んでいることを話した。

「なんという不思議なめぐりあわせだろう！」ジュディが話し終えたとき、ドクターは驚いたように言った。「ビダス・テロンは違う女性と結婚し、しかもすぐにその女性に恋をしたとは！」

「そして私も彼に」ジュディは言い添える。

「そうでした。で、実際にあなたは、黙っていてもらうために、すべてを彼女に与えるとまで約束したのですか？」

「財産は当然彼女のものですわ。ビダスが結婚するはずの相手は彼女だったのです。私はハンナになりすましたんですもの」ドクターは頭を揺すり、かすかに表情を曇らせた。しかしジュディは、ドクターが今の話についてじっと考え込んでいる間、早く肝心なことをきり出したいとうずうずしながら、落ち着きなく両手をもんでいた。「そのことを」それ以上待ちきれなくなって、ジュディは性急に言う。

「なぜ、夫に直接お話しになりませんの?」

「もちろん、我々は、ご主人の主治医の意見に賛成ではありませんでした。いずれにせよ、彼らは我々の薬に信をおいていないのです。まったく公正に見ても、私は彼らを責めることはできません。主治医たちは、ミスター・テロンがとても幸せだということを聞かされていたのですし、あなたとご主人が、残された何週間かを幸せに過ごせるように、そっとしておいてあげるべきだという意見だったのですから。決断を下すのはあなたです。このままの状態を続けるか、それともご主人に話すか」

「でも、私たちには何も失うものはありませんわ。ビダスが治療を受けて失敗する——そうなったとしても、どっちみち同じことでしょう?」

「ミセス・テロン」彼はゆっくり、穏やかに言った。「あなたのご主人は、医者が宣告したより長く生きられると思います」

「なんですって?」ジュディは相手を見つめる。「どうしてそうお思いになるのでしょう? 私の主人に会ったこともないのに?」

「いや、私はご主人を見たんです。当然、そうしなければならないと考えたので。昨日、パレオカストリッツァのビーチで、あなたとごいっしょのところを。私は少し離れた所で横になっていましたが、ご主人が一人で海に入られたとき、私はかなり近くで泳いでいました。それに、お二人のあとからカフェについて行って、灌木(かんぼく)の陰になっている所に席を取りました。そこから、ご主人を観察することができたのです。もっと長く生きられると断言することはできませんが、この難病にかかった島の人たちの中で働いてきて、少なくとも私には、数多くの経験があるのです。ここの医者にはその経験がありません。だから、ここの医者は、ご主人に十二カ月の命だと宣告したのでしょうが……」

「十二カ月？」

ドクターはうなずく。

「あの当時は、十二カ月だったのです」

「そうでしたの……」そのときは、財産を遺す親戚が生きていたので、結婚について考えなかったのだ。弟夫婦と甥を事故で亡くしたとき、彼は結婚しようと決心した――そのときには、もう六カ月しか残されていなかったのだ。

「あなたが、病気のことに気づいていたことを、もちろんご主人はご存知なのですね？」ジュディはうなずき、今は知っているのだと答えた。ハンナが、六カ月すれば、財産が転がり込むことを知っていて結婚したのだとジュディを責め、ビダスにすべてを話してしまったのだから。

「あなたがそんなことをするなんて、ご主人には信じられなかったでしょう？」

「私が彼の病気を知っていたという事実は、私の立場を悪くしましたわ、ドクター。それに、私は黙っていたんですもの、二重の裏切り行為をしたことになるのです」

「しかし、もちろん、あなたが病気のことを口にできなかったということは、ご主人にだってわかるでしょう？」

「私たち、そのことについて話していませんの。ビダスがどう考えているのか、私にはまったくわかりませんわ。私に対して怒ってはいないのです――ただ、ひどく傷つき、幻滅を感じているだけで……」

ジュディの唇は、抑えようもなく震えている。「夫はもう、自分が天使のような女性と結婚したとは思っていませんわ」話がそれてしまったことに気づいて、ジュディはドクターに、ビダスがあとどれくらい生きていられるのかと尋ねた。

「そうですね、島の人たちの例からして、あと二カ月は大丈夫でしょう。今まで観察してきたすべての症例を見ると、だいたい死の六週間前になると、顎の両わき——首の、ここのところに、青い斑点が現れるのです。あなたのご主人にはまだそれがないし、たとえあったとしても、ごく薄いものでしょう」さまざまな意味を含む沈黙のあと、ドクターはゆっくりと続けた。「もし私の考えるように、あと二カ月生きられるとしたら、あなたはすべてをそっとしておきたいと思うかもしれません」

「ドクター、もう二回も繰り返しましたけれど、夫が治療を受けたとしても、これ以上何も失うものはないんです」

「ミセス・テロン、治療が失敗したら、間違いなく患者は死ぬんですよ」

車の中に、深い沈黙が流れた。

「それでも、何を失うというのでしょう? いずれにしてもそうなるのに?」

「二カ月の幸せを。そこのところを慎重に考えて決断しなければならないのです。もし、我々がミスター・テロンを治療することになったら、アテネの病院に入院していただくことになるでしょう。その場合は一刻も早く入院して下さい。あと二カ月は生きられると申し上げたが、それにしてもあまり時間はないのです。そして、もし、そのチャンスを取るとしたら——それがどんなに確率が低いか、あなたはもうご存知だが——いちかばちかの賭ということになります。もし失敗すれば、彼が最初の治療を受けてから一週間以内に死ぬでしょう。もし成功したら……」それ以上を、彼は言わなかった。

「そのチャンスに賭(か)けることはできませんわ、三十四人のうち三人しか――」ジュディは激しく首を振った。「いいえ、まだ夫を失いたくありません、そのときがくるまでは。二カ月！　私たちにとって、それは長い時間ですもの。その必要もないうちに寡婦になりたくはありませんわ！　話して下さったドクターのお気持はありがたいと思っています。でも、どうぞ放っておいて下さい！　島にお帰りになって、私たちをこのままにしておいて……」涙があふれ、ジュディはそれ以上何も言えなかった。

「ミセス・テロン、家までお送りしましょう。まずは気持を落ち着けて、それから考えて下さい。ゆっくり眠れば、きっと今より心の整理がつくと思いますよ。ですから、とにかく何も考えずに眠ろうと努力なさることです」

「眠れっこありませんわ！　私にはわかっています！　私、どうしたらいいのでしょう？」ジュディは顔をくしゃくしゃにして涙にくれていた。「ドクター・バン・エルデン、教えて下さい！」

「朝になったとき、きっとあなたは、お二人にとって正しい決断を下されると信じています。もし私の申し出を断ることに決心なさるのなら、あなたにとってそれが良いことなのでしょう。そうでないときは、私の電話番号をご存知ですね……？」

10

絶えず心をさいなむこの苦痛を、どうやって隠したらいいのか、ジュディにはわからなかった。夕食のとき、ビダスは妻の青ざめた顔を見て心配したけれど、さっき、ちょっと頭が痛かったのだと言う、妻の説明を疑わなかった。

「少しは良くなった？」

「ええ、ありがとう。もう大丈夫」ジュディは、医者の言っていた斑点があるかどうか、夫の首のあたりを探してみたけれど、それらしいものはなかった。彼は二カ月よりもっと長く生きられるかもしれない。ひょっとしてあと半年も生きられるとしたら、十分の一もない確率に賭(か)けるのは愚かなことだろう。危険を冒すことはできない。

「少し歩こうか？」夕食後、いつものように中庭(パティオ)でコーヒーを飲んでいるとき、ビダスが誘った。ひどく間近に見える大きな満月が、庭に惜しみなく光を降らせている。深い紫色の空には無数の星がまたたいていて、突然、ジュディの目の前で星くずが流れ、果てしない闇(やみ)の中に消えていった。

「ビダス、私があなたを愛していること、それが真実の愛だということを、信じて下さらない？」哀願するようなはしばみ色の瞳を見つめ、ビダスは首を振った。心ではそれを信じたいと願っているのに、理性がそれを妨げているのを、ジュディは感じ取った。いつになく冷たい声で彼は言う。

「君の優しさは認めるよ。君の性格は親切で憐れみ深い。最初から君は、僕には君が必要だということを知っていた――僕がじきに死ぬことを知っていたのだから。それに、ハンナと結婚しても幸せにはなれないこともわかっていたのだ」ビダスは本題からそれて、もともとは甥を救った人に財産を遺すつもりだったのだから、遺言を書き直すようにと、ハンナはほのめかしたことを妻に話した。それを聞いたとき、ジュディはびくっと身を震わせた。たとえほのめかすていどであっても、何週間かのうちに死ぬかもしれない人に向かって、どうしてそんな要求を口に出せるのだろう？「僕は書き直さなかった。僕の妻は君なのだし、財産も君に――」

「ビダス、やめて！　お金のことなんか聞きたくないわ！　あなたがいなくなってしまったら、私にとってそれがなんになるというの？」ジュディはいっそう青ざめ、唇はわなわなと震えていた。でも、ビダスは冷静に彼女を見つめて、はっきりと、ジュディが自分と結婚した理由について幻想は抱いていないと断言した。

「最初は金のためだった――いや、ジュディ、口をはさまないでくれ！　君自身も認めたように、君はすぐ遺産相続のことを考えた。ハンナが帰ってから君が話したことの中で、母親から落伍者ときめつけられたと言っていたね。そして、金持になれば、その汚名を返上できると思ったんだ。あとになって、その野心が薄れて同情を覚えるようになり、それ以来、僕に対する気持は憐れみになった。今君が、僕を愛していることを信じてくれと言うのも、同情にすぎない」ビダスはかすかに表情を和らげて続ける。

「そう、確かに君はとても優しい。ハンナが現れなかったら、僕たちは最後まで幸せのままでいられただろう」彼は前かがみになってコーヒーカップを取り上げ、それが空っぽなのを見て、再びテーブルに戻した。「こう言ったほうが当たっているかもしれない――僕は最後まで幸せだったろう、と」

「どうしても、信じては下さらないのね？」ジュディは悲しそうに頭を振り、「散歩しましょう」と言いながら、椅子から立った。

明るい光を庭に投げかけ、煌々と輝く家明かりをあとにして門を出、丘の草いきれと、オリーブの林の中で鳴くせみの声に満たされた、月光の支配する世界に二人は足を踏み入れる。心を締めつける郷愁を覚えながら、ジュディは、魅惑的な自然に刺激され、お互いの欲望を高めあった夜のことを思い出していた。自然の香りとささやき、甘くかぐわしい大気――ビダスは、よく耳もとでこう言ったっけ……〝もっと散歩を続ける？　それとも僕たちの部屋に帰ろうか？〟ジュディははにかんで彼に答える。それから二人は手を取り合って、一つに溶け合うために家に戻ったものだった。天国にも勝る至福の世界を懐かしんで、ジュディの瞳には涙があふれた。片手で頬をぬぐう妻を見てビダスは立ち止まり、その顔を上に向けて、長いことじっと見つめていた。そして、そっと妻の涙をふいた。

「泣かないで、ジュディ」ビダスは優しい声で言った。「君はとてもよくしてくれたのだから、後悔してはいけないよ。どんな女性といるより、君といっしょにいられて幸せだった――君は天使だった」その言葉にますます涙を誘われるジュディを、ビダスはたしなめるように、かすかに首をかしげて見つめ、ハンカチを取り出した。「後悔なんかしてほしくない」感情を抑えた声で彼は言う。「自分を責めることはないと言ったはずだよ」

「そのことで悲しんでいるわけじゃないわ」すすり泣きの合間に、ジュディはつぶやいた。「そうじゃなくて――」絶望したように、彼女は両手を上げた。「どうにもならないわ、あなたは信じまいと決心しているんですもの」今、二人の間にはカーテンが、いや、それ以上のものがあった――突き抜けることのできない、厚い防壁が。ジュディは再び歩き始め、オリーブの木立がうっそうと茂っている小路に入った。月の光はさえぎられ、まるで袋小路のように、暗闇がすっぽりとあたりを包んでいる。「家に帰りたいわ」背筋に震えが走り、ジュディは突然叫んだ。「こんな所、歩きたくない！」

「ジュディ、いい加減にするんだ！ 君まで病気になってしまう！」今度は、今まで聞いたこともないほど厳しい声だった。

「家に帰りましょう」ジュディは小さな声で懇願した。「疲れたわ」

「疲れて、不幸――」思いがけず、ビダスはジュディの手を取り、家に着くまでずっとそのまま握っていた。それから彼は、胸にぐさっと突き刺さるようなことを言った。「今夜は一人で寝たほうがいい、とても疲れているようだから」

ジュディは信じられないというようなまなざしを夫に向ける。彼は無表情で、心を読み取ることはできなかった。


「あなたがそうしたいのなら」

「僕がそうしたいわけじゃない。でも、君にとってそれが一番良いだろう。明日になればきっと元気になるよ」

「じゃ、私、どこに行ったらいいの？」

「もちろん、君は僕たちの部屋を使えばいい。僕が隣の部屋に行くから」

ジュディは眠れないまま横たわっていた。かなりたってからビダスが上がって来て、その足音が部屋の前を通り過ぎたとき、こらえていた涙が堰を切ってあふれ出た。夫のところに行くべきだろうか？ ジュディは何度も何度も自問する。でも、それに反対する気持のほうが強かった。いずれにしても、ビダスに追い返されるだろう。そんなことには耐えられなかった。結局、ジュディは一人で悶々と考え……考え……そして考えて……。

夜明けの最初の光が窓に差す。ベッドから下りて、ジュディは鏡をのぞき込んだ。一晩中泣いていたので、頬に涙の跡が残っている。それから、初めて自分一人でバスルームを占領してお風呂を使った。ビダスは起きているだろうか？

ベッドルームに戻り、ジュディは周囲を見回して長いこと立っていた。この美しい部屋は、なんとひっそりと、寂しく見えることだろう？　急に広くなったように感じるこの部屋には、少しも温かみがなかった。がらんとして——最愛の夫がいなくなったとき、ちょうどこんなふうになるのだろうか？　ジュディは涙を流すまいと唇をかむ。これ以上泣いてはいけない。自分がどれほど苦しんでいるかを彼に知らせることは、彼をいっそう不幸にすることになるだけなのだ。ジュディは、夫の不幸を少しでも軽くすることしか考えなかった。少なくとも、妻についての真実を知らされた最初のショックのあと、彼がようやく取り戻した落ち着きくらいは守ってあげなければならない。

完璧な和合は永久に失われてしまったけれど、それだからといって、残された日々、彼が不幸であっていいということはなかった。

昨夜、一人で部屋を使うようにとビダスが言ったのは、ドクター・バン・エルデンと会ったことで張りつめていた、ジュディの態度を気遣ってのことだったに違いない。彼女には荷が重すぎた。夫の鋭い視線をごまかすのは並大抵のことではなかったし、閉じこめられた感情を涙とともに流すしかなかったのだ。それを心配して、ビダスは彼女に一人で休むように勧めたのだろう。ジュディは気を取り直す。感情を抑えることを学ばなければならない。夫を悲しませないようにしなければならないのだ。

服を着てしまってから、ジュディはベッドに腰掛けた。まだ五時半にもなっていなかった。ビダスは起きただろうか？　ジュディは再び自問する。でも、昨夜、あれほど夫にこがれていたのに。今はそれほど急ぐ気になれなかった。その前にもう一度、ドクター・バン・エルデンの言ったことを考え直してみたかった。彼は、今朝になればもっとはっきりとものごとを考えられるようになるだろうと、そしてジュディの下す決定がどうあれ、それが正しい結論に違いないと言っていた――ビダスにとってもジュディにとっても正しいものだろうと。眠れないままに、長いこと夫の置かれた立場に立って考えてみたけれど、ドクターの申し出を断るのは自分本位なことだということを認めないわけにはいかなかった。そんなことはできないと叫んだあの瞬間、彼のいない空しい人生を思い浮かべ、自分の立場だけを見つめていたのだ。夫の回復するチャンスさえ抹殺することになるというのに。その賭はあまりにも危険が大きすぎるし、あのときはただ、彼女自身にとって生きる価値のある、貴重な二カ月のことしか考えられなかったのだ。そのあとは……生きる価値はなくなるだろう。

ジュディは今、自己中心的な考えをまったく捨て去っていた。ビダスに相談しよう。ドクターは、ジュディがそうすることを期待していたのだ。重大な決定は、ビダス自身が下さなければならない。

彼らがいつも起きる時間、七時に、ジュディは夫の寝ている部屋に行った。ノックして中に入ったとき、彼は片肘で体を支え、ジュディを見た。

「もう服を着たの？　少しは具合が良くなった？」

ビダスは片手を差し出し、ジュディは小走りでベッドに近寄ると彼の手に自分の手をすべり込ませた。

「だいぶいいわ」抱き寄せられながら、ジュディは彼の唇の感触に胸をときめかせる。

「君がいなくて寂しかったよ、ジュディ」

ジュディは愛情をこめて夫を見つめ、それから自分の手を握っている小麦色の手を見下ろした。

「私もとても寂しかったと言ったら、あなたはまた意地悪をなさる？」

「意地悪を？」ビダスはけげんな顔でき返した。

「私を信じて下さらないんじゃないかってこと」

ビダスの表情は一瞬曇り、それから穏やかにこう言った。

「信じるよ、ジュディ。もちろん信じるとも」

ジュディはほほ笑み、嬉しそうに彼の手を持ち上げて唇を押しつけた。

「ジュディ、そんなことをしてはいけない」

静かで優しげな笑みは、しかしジュディの顔から消えはしなかった。

「私、したいようにするわ」とジュディは言う。

「ありがとう、私を憎まないで下さって」

「憎むだって？　どうして君を憎むなんてことができるだろう？」

「私の偽りを知ってしまったんですもの」

「ダーリン、昨日も言ったように、君は多くのものを与えてくれたんだ。愛しているよ、ジュディ、君にもわかっているだろうが」ビダスの声は低く、情熱のためにかすれていた。自分も心から彼を愛していると、ジュディはどんなに叫びたかったことか！　でも、彼はそれを信じてはくれないだろう。

「昨日、あるお医者さまとお会いしたの。その方、あなたの病気を治せるかもしれないと――とても確率は少ないのだけれど――話してくれたんです」

深く、浸透するような沈黙が部屋を支配した。

「治せる？」ビダスは自分の耳を疑っているようにぼんやりしていた。「いったいなんの話だい？　その医者ってだれのこと？　なぜ僕のところに直接来なかったんだ？　それに、どうして昨日はそのことを黙っていたの？　僕に内緒でその人に会いに行ったんだね？」

ジュディは説明し、すぐにビダスもすべてを納得した。日焼けした顔がちょっと青ざめ、彼は毛布の上でしっかりと両手を握り締めていた。

「私がどうしてすぐに話さなかったのか、わかって下さるでしょう？」長い沈黙のあと、ジュディは言った。「二カ月あるのよ、ビダス。もし……もし治療を受けて失敗したら、そのときは、そのときは……」ジュディは突然手の中に顔を埋め、苦しそうに涙にむせんだ。「ごめんなさい、泣かないようにしようとこらえていたのだけれど」ビダスはベッドから出てジュディを胸に抱いた。「二カ月よ。私たちにとって、それは貴重な時間だわ」

「そう、そうだね」ビダスは妻を抱く腕に力をこめ、ハニーゴールドの髪に唇をつけて、あやすようにつぶやいた。「僕のジュディ、そんなに泣かないで。いい子だ……」妻の顔を上に向け、ビダスはその唇の上に、そして濡れた頬にキスをした。「気を落ち着けて、ジュディ、僕を許してほしい！」

「許す？」ジュディは涙でうるんだ瞳で彼を見上げた。

「君をこんなにも苦しめてしまって。君が貴重だと言った二カ月を、僕たちが失うかもしれないと恐れていたんだね？」彼の震えが、ジュディの体に伝わってきた。「僕を愛していると君が言ったとき、どうしてその誠実さを疑うことができたのだろう？」

「信じて下さるの？」どういうことになっているのかわからないまま、ジュディはびっくりしてビダスを見上げた。「やっと私を信じて下さったのね？」

答える代わりに、彼はただ、息の詰まるほどジュディを抱き締めただけだった。ジュディは夫の胸の鼓動を感じ、たくましい体の優しさに震え、自分の愛を信じてもらえたことに感動してため息をついた。

しばらくして、ビダスは冷静になり、真剣な表情で、自分が直接ドクター・バン・エルデンに会ってからどうするか決めようと、そしてもちろん、妻の意見もききたいのだと言った。

「二人で慎重に考えよう」

「それほど簡単なことじゃないわ。ドクターは、これがいちかばちかの賭だとはっきりおっしゃったのよ」

「ドクターに会うまで、そのことは忘れよう」ビダスは言い、パティオで朝食をとっている間、二人はそのことには触れなかった。それからビダスは、パレオカストリッツァのホテルに滞在しているドクターに電話をかけた。彼はすぐに家に飛んで来て、昨日、ジュディがすでに夫に話したことをもう一度繰り返した。ドクターは、二十四時間以内にビダスから連絡がなかったらこの島から去るつもりだった、と言いながら、ジュディにほほ笑みかけ、それからビダスに向かってこう続けた。

「あなたの奥さんが私にすべて話して下さいました、ミスター・テロン。すべてを」ビダスは尋ねるようにドクターを見る。「奥さんはご主人を心から愛しておられて、義理の姉さんがあなたを傷つけない代償として、事実上、あなたの遺すすべてを彼女に渡すと約束なさったそうですな」

「ドクター・バン・エルデン！」ジュディは慌ててさえぎった。「夫に話すようにとはお願いしませんでしたわ！」

「お二人の間には——そう、ちょっとした行き違いがあるようにお見受けしました」ジュディの言葉を聞かなかったかのように、ドクターが言った。

「私、そんなことは言いませんわ、ドクター」

「はっきりとはね」ドクターは、ちょっと謝るような調子で認めた。「しかし、ミスター・テロン、私の察するところ、あなたは奥さんの愛を疑い始めていらした」

ビダスはうなずき、まるで喉が詰まってしまったかのように、ぐっとつばをのみ込んだ。彼の声は、深い感動にかすれている。

「おっしゃるとおりです、ドクター。妻を疑うなんて、僕は愚かでした。そのことについて聞かせていただいて、感謝しますよ」ビダスは優しいまなざしを妻に向けた。「僕はすでに、自分の間違いに気づいていました。やっと、今朝のことですが」

ドクターが帰ってすぐ、ジュディは心配そうに言った。「彼に何もかも話したこと、いけなかったかしら？　成り行きでそうなってしまったの。結局、あの方はお医者さまなのだし」

ビダスはかすかにほほ笑み、心から悔やんでいるように言った。

「なぜ僕は、君の愛が真実だということをわかろうとしなかったのだろう？」

ジュディは夫のそばに行き、そのたくましい腕に抱かれた。

「私を疑うのは当然だったわ」二人の間のすべての誤解が解けた今、安らかな気持でジュディは言う。

「そのことはもう考えないで」それからちょっと考えてから夫に尋ねた。「あのドクター、あなたはどう思って？」

「彼は良い人だ。でももちろん、そのことと僕たちの決心とは別だが」ビダスは落ち着いて答えた。

「僕の病気が治る見込みは少ないらしい。そして僕たちが決めなければならないことは、その危険を冒す価値があるかどうかなんだ。ドクターの話では、今のままにしておけば、僕たちには二カ月の時間が残されている。二カ月、それは僕たちにとって長い時間だ」腕の中で、小さく頼りなげに寄り添っているジュディを、ビダスは見下ろした。

「ええ、とても長い時間ね」ジュディの瞳に、また涙があふれそうになった。二カ月……それが何年も何年も残されているのだったら……。

「考える時間は丸一日あるんだ。二人でどこかに出掛けて、考え、話し合って、帰って来るまでに決めることにしよう」

二人は車でパレオカストリッツァの海岸へ行き、お昼までそこで泳いだ。そしてカフェで食事をしたあと、小高い丘や静かな小路を散歩した。夕暮れが彼らのまわりに灰色のマントを広げてゆく中を、二人は静かに、ひっそりと、歩き、話し続けた。その日は、文字どおり、運命を選び取らなければならない、緊張と不安に満ちた長い一日だった。二人はようやく、疲れきり、満足して、丘の中腹にある白い邸宅(ビラ)に戻って来た。

ホテルの高い窓から外を見るジュディの前に、華やかなアテネの町が広がっている。車がひっきりなしに行き交い、その騒音といったらなかった。腕時計をちらっと見ると、まだ六時にもなっていない。こんなに朝早く、いったいどこからたくさんの車がやって来るのだろう？　そしてどこに向かっているのだろう？　ジュディは目を上げ、朝日を浴びて輝き、アクロポリスの丘に堂々とそびえている、壮大なアテナの神殿を見つめる。でも、それもなんの役にも立たなかった。ジュディはもうこれ以上、ほかのことを考えて気を紛らしてはいられなかった。愛するビダスはここにいる、この町に、そして病院に――。二日間……なんと苦悩に満ちた二日間だったろう。もしかしたら、彼はすでに……ジュディは震えながらため息をつき、窓に背を向けた。ただ待ち続けるだけの果てしない時間――これほどの拷問があるだろうか！　それから三時間ほどして電話のベルが鳴り、交換手が彼女に電話が入っていると告げた。

「ありがとう」電話の向こうから、穏やかだけれどはっきりしたドクターの声が聞こえてきたとき、受話器を持つ手が激しく震えた。ジュディは何か答えようとしたけれど、声にはならなかった。

「ミセス・テロン……もしもし、そこにいるんですか？」

喉にこみあげてくる塊を、ジュディはのみ込んだ。

「ええ、こ、ここにいますわ」

「聞こえましたか？　我々の治療は、ご主人に効果を表したのです。もはや峠は越しました。今のところご主人は眠っておられますが、午後の二時には面会できます」

「ありがとうございました、ドクター・バン・エルデン」ジュディに言えたのはそれだけだった。なぜなら、彼女の全身は、あらゆる感覚と感情が痺れたようになり、一種の虚脱状態になっていたから。

「少しお休みになったほうがいい、ミセス・テロン。この二日間、きっと眠れなかったでしょうから」やっと今ごろになってジュディは、ドクター・バン・エルデンの声にある、はっきりした勝利の響きを感じ取った。ジュディは大声で叫び出したかった。何度も何度もありがとうと繰り返して！　でも、まだ思うように口をきくことができないまま、これだけ口にするのがやっとだった。

「はい、ドクター。なんとか眠るようにしてみますわ……」

病院に行って狭い個室に通されるまで、また長い長い時間が過ぎた。夫は背中に枕を当ててベッドの上に起き上がり、二日前に別れたときとまったく同じ様子に見えた。

感じのいいギリシア人の看護師が、ベッドのそばに椅子を置き、部屋から出て行った。ドアが閉まったあと、二人とも胸がいっぱいで口をきくこともできず、黙ったまま長いことお互いを見つめ合っていた。

ビダスが退院してから三週間もたっていないある日、彼とジュディは客を迎えた。ビルとジリアンだった。ビルはコテージを売り、ジリアンもまたいくらかの蓄えを持っていたので、二人はそれをもとでにして商売を始めたということだった。でも、その前にまず、彼らは休暇を楽しむことにした――あらゆる意味で、前のときよりずっと幸せな休暇を。これからどうするつもりなのかとジュディが尋ねると、いずれアリスとの離婚が成立したら、二人は結婚するつもりだという返事だった。

「君のお父さん、前に来たときより十歳は若返ったように見えるね」なごやかな夕食が済み、ビルとジリアンが庭を散歩しに行ったあと、ジュディと二人、パティオでくつろぎながらビダスが言った。

「きっと幸せだからよ」ジュディは明るく陽気な声で――最近はいつもそんなふうだった――答える。

「私、とても嬉しいの、ビダス。だって、私の前にたちこめていた霧が、すっかり晴れたんですもの」

その瞳には豊かな思いやりと愛が満ちあふれていて、ビダスは突然、衝動にかられたように立ち上がり、そっと妻を抱き寄せた。

「僕もさ」ビダスは熱っぽくささやいて幸せそうなため息をもらし、誘うようなジュディの唇を見つめ、長く優しいキスでそれを覆った。

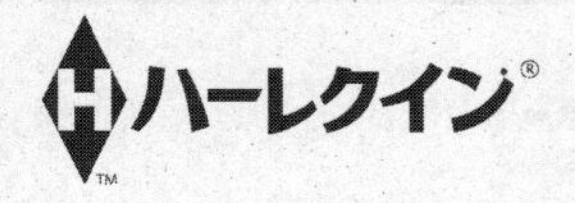

ハーレクイン・イマージュ　1982年10月刊（I-25）

残された日々

2024年12月5日発行

著　者	アン・ハンプソン
訳　者	田村たつ子（たむら　たつこ）
発行人	鈴木幸辰
発行所	株式会社ハーパーコリンズ・ジャパン 東京都千代田区大手町 1-5-1 電話 04-2951-2000（注文） 0570-008091（読者サービス係）
印刷・製本	大日本印刷株式会社 東京都新宿区市谷加賀町 1-1-1
装丁者	小倉彩子
表紙写真	© Tatiana Chekryzhova, Tomert, Valerii Brozhinskii, Adisa, Saiko3p ❘ Dreamstime.com

造本には十分注意しておりますが、乱丁（ページ順序の間違い）・落丁（本文の一部抜け落ち）がありました場合は、お取り替えいたします。ご面倒ですが、購入された書店名を明記の上、小社読者サービス係宛ご送付ください。送料小社負担にてお取り替えいたします。ただし、古書店で購入されたものについてはお取り替えできません。®とTMがついているものはHarlequin Enterprises ULCの登録商標です。

この書籍の本文は環境対応型の植物油インクを使用して印刷しています。

Printed in Japan © K.K. HarperCollins Japan 2024

ISBN978-4-596-71691-0 C0297

ハーレクイン・シリーズ 12月5日刊 発売中

ハーレクイン・ロマンス
愛の激しさを知る

タイトル	著者／訳者	番号
祭壇に捨てられた花嫁	アビー・グリーン／柚野木　菫 訳	R-3925
子を抱く灰かぶりは日陰の妻 《純潔のシンデレラ》	ケイトリン・クルーズ／児玉みずうみ 訳	R-3926
ギリシアの聖夜 《伝説の名作選》	ルーシー・モンロー／仙波有理 訳	R-3927
ドクターとわたし 《伝説の名作選》	ベティ・ニールズ／原　淳子 訳	R-3928

ハーレクイン・イマージュ
ピュアな思いに満たされる

タイトル	著者／訳者	番号
秘められた小さな命	サラ・オーウィグ／西江璃子 訳	I-2829
罪な再会 《至福の名作選》	マーガレット・ウェイ／澁沢亜裕美 訳	I-2830

ハーレクイン・マスターピース
世界に愛された作家たち
～永久不滅の銘作コレクション～

タイトル	著者／訳者	番号
刻まれた記憶 《特選ペニー・ジョーダン》	ペニー・ジョーダン／古澤　紅 訳	MP-107

ハーレクイン・ヒストリカル・スペシャル
華やかなりし時代へ誘う

タイトル	著者／訳者	番号
侯爵家の家庭教師は秘密の母	ジャニス・プレストン／高山　恵 訳	PHS-340
さらわれた手違いの花嫁	ヘレン・ディクソン／名高くらら 訳	PHS-341

ハーレクイン・プレゼンツ作家シリーズ別冊
魅惑のテーマが光る
極上セレクション

タイトル	著者／訳者	番号
残された日々	アン・ハンプソン／田村たつ子 訳	PB-398

※予告なく発売日・刊行タイトルが変更になる場合がございます。ご了承ください。

12月11日発売 ハーレクイン・シリーズ 12月20日刊

ハーレクイン・ロマンス
愛の激しさを知る

極上上司と秘密の恋人契約	キャシー・ウィリアムズ／飯塚あい 訳	R-3929
富豪の無慈悲な結婚条件 《純潔のシンデレラ》	マヤ・ブレイク／森　未朝 訳	R-3930
雨に濡れた天使 《伝説の名作選》	ジュリア・ジェイムズ／茅野久枝 訳	R-3931
アラビアンナイトの誘惑 《伝説の名作選》	アニー・ウエスト／槙　由子 訳	R-3932

ハーレクイン・イマージュ
ピュアな思いに満たされる

クリスマスの最後の願いごと	ティナ・ベケット／神鳥奈穂子 訳	I-2831
王子と孤独なシンデレラ 《至福の名作選》	クリスティン・リマー／宮崎亜美 訳	I-2832

ハーレクイン・マスターピース
世界に愛された作家たち
～永久不滅の銘作コレクション～

冬は恋の使者 《ベティ・ニールズ・コレクション》	ベティ・ニールズ／麦田あかり 訳	MP-108

ハーレクイン・プレゼンツ作家シリーズ別冊
魅惑のテーマが光る
極上セレクション

愛に怯えて	ヘレン・ビアンチン／高杉啓子 訳	PB-399

ハーレクイン・スペシャル・アンソロジー
小さな愛のドラマを花束にして…

雪の花のシンデレラ 《スター作家傑作選》	ノーラ・ロバーツ 他／中川礼子 他 訳	HPA-65

文庫サイズ作品のご案内

◆ハーレクイン文庫・・・・・・・・・・・・・・毎月1日刊行
◆ハーレクインSP文庫・・・・・・・・・・・毎月15日刊行
◆mirabooks・・・・・・・・・・・・・・・・・・毎月15日刊行

※文庫コーナーでお求めください。

11月刊 好評発売中！

Harlequin 45th Anniversary

“ハーレクイン”の話題の文庫
毎月4点刊行、お手ごろ文庫！

『孔雀宮のロマンス』
ヴァイオレット・ウィンズピア

テンプルは船員に女は断ると言われて、男装して船に乗り込む。同室になったのは、謎めいた貴人リック。その夜、船酔いで苦しむテンプルの男装を彼は解き…。

（新書 初版：R-32）

『愛をくれないイタリア富豪』
ルーシー・モンロー

想いを寄せていたサルバトーレと結ばれたエリーザ。彼の子を宿すが信じてもらえず、傷心のエリーザは去った。1年後、現れた彼に愛のない結婚を迫られて…。

（初版：R-2184
「憎しみは愛の横顔」改題）

『壁の花の白い結婚』
サラ・モーガン

妹を死に追いやった大富豪ニコスを罰したくて、不器量な自分との結婚を提案したアンジー。ほかの女性との関係を禁じる契約を承諾した彼に「僕の所有物になれ」と迫られる！

（初版：R-2266
「狂おしき復讐」改題）

『誘惑は蜜の味』
ダイアナ・ハミルトン

上司に関係を迫られ、取引先の有名宝石商のパーティで、プレイボーイと噂の隣人クインに婚約者を演じてもらったチェルシー。ところが彼こそ宝石会社の総帥だった！（新書 初版：R-1360）

※ハーレクインSP文庫は文庫コーナーでお求めください。